文化中国

边缘话题

主编⊙乔 力 丁少伦

痴情穿越
浪漫唯美《牡丹亭》

李少群/著

济南出版社

图书在版编目(CIP)数据

痴情穿越:浪漫唯美《牡丹亭》/ 李少群著. —
济南:济南出版社,2013.3(2023.5重印)
(文化中国/乔力,丁少伦主编.边缘话题.第3辑)
ISBN 978 - 7 - 5488 - 0748 - 3

Ⅰ.①痴…　Ⅱ.①李…　Ⅲ.①《牡丹亭》—戏剧研究
Ⅳ.①I207.37

中国版本图书馆 CIP 数据核字(2013)第 051819 号

策　　划　丁少伦
责任编辑　胡瑞成
装帧设计　侯文英

出版发行　济南出版社
地　　址　济南市二环南路 1 号(250002)
发行热线　0531 - 86131730　86131731　86116641
印　　刷　肥城新华印刷有限公司
版　　次　2013 年 8 月第 1 版
印　　次　2023 年 5 月第 3 次印刷
成品尺寸　168 毫米 × 230 毫米　1/16
印　　张　12
字　　数　147 千字
定　　价　36.00 元

(济南版图书,如有印装质量问题,可随时调换。联系电话:0531 - 86131736)

编辑委员会

主　编　乔　力　丁少伦

副主编　宋义婷

编　委　孙鹏远　张云龙　屈小强　武　宁

　　　　武卫华　洪本健　赵伯陶　潘　峰

中国传统文化悠远深沉、丰厚博广，犹如河汉之无极。对历史文献的发掘、梳理、认知与解读，则是一个持续不断的过程。而《文化中国：边缘话题丛书》，借以丰富坚实的史料，佐以生动流畅的散文笔法，倚以现代的思维和理性的眼光，立以历史的观照与文化的反思，将某些文化精神进行溯源与彰显，以启发读者的新审美、新思考和新认知。

何谓"文化中国"？"周虽旧邦，其命维新。"文化中国乃以弘扬中国文化为主旨，以传承中国文化为责任，以求提升中国民众的人文素质。而传统文化的发掘与传承，需要新的努力；传统文化解读与现代意识反思之间的纠葛与交融，需要新的形式。正如陈从周先生在《园林美与昆曲美》中所说的那样：

中国园林，以"雅"为主，"典雅"、"雅趣"、"雅致"、"雅淡"、"雅健"等等，莫不突出以"雅"。而昆曲之高者，所谓必具书卷气，其本质一也，就是说，都要有文化，将文化具体表现在作品上。中国园林，有高低起伏，有藏有隐，有动观、静观，有节奏，宜欣赏，人游其间的那种悠闲情绪，是一首诗，一幅画，而不是匆匆而来，匆匆而去，走马观花，到此一游；而是宜坐，宜行，宜看，宜想。而昆曲呢？亦正为此，一唱三叹，曲终而味未尽，它不是那种"嘣嚓嚓"，而是十分婉转的节奏。今日有许多青年不爱看昆曲，原因是多方面的，我看是一方面文化水平差了，领会不够；另一方面，那悠然多韵味的音节适应不了"嚓嚓嚓"的急躁情绪，当然曲高和寡了。这不是昆曲本身不美，而正仿佛有些小朋友不爱吃橄榄一样，不知其味。我们有责任来提高他们，而不是降格迁就，要多做美学教育才是。

《文化中国：边缘话题丛书》，亦如陈从周先生所言之"园林"与"昆曲"，正是以展示中国文化此种意蕴与神韵为己任的。

何谓"边缘"？20世纪80年代后期，学术降落民间，走向大众，体现了对大众文化和下层历史的更多观照。由此，"大历史观"下的文化研究，内容日趋多元化，角度渐显层次，于是，那些不处于主流文化中心的，不为大多数人所熟悉的，或散落在历史典籍里的，但却是中国传统文化重要组成部分的人或事，日渐走进人们的视野，丰满了历史的血肉。对于这些人或事的阐述与解读，是对中国文化精神进行透视与反思的一个重要方面，其意义亦甚为厚重而深远。

何谓"话题"？《文化中国：边缘话题丛书》，为读者提供了一种文化解读的别样文本，讲求深入浅出、雅俗共赏，采用"理含事中，由事见理"的写作风格，由话入题，由题点话，以形象化、生动化的表述，生发出个人新见和一家之言。这种解说方式是以学术研究为基础的，绝不戏说杜撰，亦非凿空立论，正是现如今大多数中国读者所喜闻乐见的讲述方式，呈现出学术与趣味的统一，"虽不能至，固所愿也"。

《文化中国：边缘话题丛书》第三辑共计五种。然而，它却与此前已经面世的第一、第二两辑，表现出颇为明显的类型性差异。换句话说，即第三辑不再像以前那样，择取某些历史文化人物、事件、现象或横断面为关注题材，自拟书目以叙写我们的重新发现和特定的认知理解，而是依托中国传统文化经典宝库的一些文学作品所生成——其实，这种显著的不同，也更充分体现在《文化中国》另一并列的系列《永恒的话题》已出版过的几十种书上面。在这里，固然也循例述说相关文学作品的缘起、流变、思想内容及影响，评论其艺术特征、审美理想，但是，它却并非文学史性质或相应作家作品研究的专题著作。

要言之，本辑与大型丛书系列《文化中国》的总体旨趣、撰写取向仍然相一致，据此以阐发、析论这些古典戏曲巅峰之作（是可谓"极品"）所贯注的某种文化精神，那深层所含蕴勃动着的、持续彰显出的时代意义（古代的和现代的）；并以之追寻那终极价值的认定，或参与到有关集体情感的繁杂艰难重塑过程里。"浩茫连广宇"，因时间而空间，上溯古人形象，下及读者群体，期待能臻达心灵深处的契合感应，接受我民族传统里本有的一种纯洁美好，日渐疏离那些世俗的浮躁和阴霾……

所以，依据本辑的主题，即它穿透漫长岁月编织就的重重云雾，却依然不变的那份恒久持守，便径直命名为"永远的青春与爱情"（这在《永恒的话题》和《边缘话题》两大书系中，则属另类专有）。因之它的整体风格面貌，也自然特别于此前的凝重端严或轻便闲适，转而趋向了热烈浓挚，不时流溢出蓬勃的生命活力与丝丝温润柔和情味，甚至还笼罩着一些纯净的理想主义色彩——这也许是当下的"最稀缺资源"。简单说来，就是从所处时代氛围中，立足于现代人的视觉、意识去重新看待古典戏曲的那些人和事，由文学而及文化层面，作个体生命现象与社会人生意义的再解读。如果仍然以整个丛书所习用的依类相从的方法，这五种却又各有所侧重：

《西厢记》历来就被文学史、戏剧史家们激赏作"天下夺魁"，虽万口莫有异辞。它的情节美、人物美、意境美、曲词美，犹如"花间美人"，集众美于一体，是中国古典戏曲的辉煌标志。不过，《爱情范本：纯真明朗〈西厢记〉》还更关注其所创具的艺术范型意义，从其诞生后的几个世纪以来，这个喜剧早已经从虚构的故事演变成为人生的真实愿望，牢牢根植在社会大众心底，它"愿天下有情人都成了眷属"的鲜明主旨，至今也仍然能够让人们充分意识到人性的美好和自由的可贵，认清楚束缚人们的自由心灵、阻挠人们的纯真爱情、摧残人们的良善人性的势力是多么可恶可憎，更相信人生幸福必须要靠自己去争取奋斗。

《牡丹亭》描写了"情不知所起，一往而深。生者可以死，死可以生"的"至情"，它与《西厢记》虽然同样关注个体生命之爱，但是，《痴情穿越：浪漫唯美〈牡丹亭〉》更强调了对生命尊严和个性自由的热切呼唤，张扬了青年男女对幸福爱情的执着追求，并认为剧中的这个"情"字，深刻触及社会的人性伦理、道德秩序，乃至其时代人格和艺术品格之坚持，实开启着"人情之大窦"。你看，那一灵未泯、人鬼抵死缠绵的曲折离奇故事，对所有的有形无形束缚羁绊的不懈抗争，浓墨重彩地渲染夸张青春与情欲之美，都抹去了《西厢记》的轻喜剧色调，涉及到更为复杂广阔的社会现实生活。在"妙处种种，奇丽动人"的艺术境界里，激烈冲撞伴随着浓挚灼热的情缘相共生。

向称"南戏之祖"的《琵琶记》与通常类型的爱情剧有显著不同，它并没有对男女恋情多费笔墨，却将夫妻之情融合在历史人生大背景下，就古代读书人的普遍遭遇，展现出一个典型的家庭悲剧。故而严格说来，将其视作婚姻类型的社会剧更恰切些。《真情持守：凄苦缠绵〈琵琶记〉》认为，综览此剧的立意主旨，或许是在于说明那个时代与世风，那些礼教观念和社会制度对个人命运的严密制约，对人自由自主的严酷压抑。所以，剧中塑造的主要人物形象虽无一不备具美好的人性、善良贤德，他们之间所产生的沉重感情纠葛却既非来源自本身，也更难以判断是非，遽作取舍。无解之下，也只能以相互退让，凭谦恭包容求得"大团圆"式的欢喜结局了。

至于《长生殿》和《桃花扇》二剧，则皆为那种基本上依托于或多或少的历史真实，且与国家政事密切关联交融，甚或直接推动决定了情节走向与结束的"准爱情"类型。在这里，情侣双方之间的关系，以及两个人各自的遭际命运，都无不受制约而被动于当时的军国政治局势和朝野上下某些事件的发生影响，而当事者本人却对自我人生道路的选择颇为无奈。《挚诚情缘：千古遗恨〈长生殿〉》尤揭示出此种"宿命"，尽管主角拥有皇家帝室的特殊尊贵身份，仍显隐不等地主导或参与到大唐王朝由盛转衰的关捩中来。它紧紧把握住历史的主脉，再去全面梳理、分析这段史上最受关注、最为著名的情变故事，其超迈许多政治与爱情背叛的泥沼所建立起的挚诚恋情，却终至毁灭的曲折历程，那因多种可能选择组成的扑朔迷离的结局，以及"男女知音互赏"、"爱情背叛者悔恨痛苦"、"仙界团圆浪漫神秘"的新表现模式，使之成为中国文学史和艺术史上流传久远、已经佳作迭现的"李杨爱情"题材的最后巨制。

《桃花扇》也同样取借历史上的真实人物作为男女主角，不过，与前者所不同之处在于，它只是对二人原先较为平淡短促的悲欢聚散经历加以渲染点化，用之贯穿勾连起南明弘光小朝廷的兴亡。那么，其篇幅所占比重自然便有限。《离合兴亡：文人情怀〈桃花扇〉》画龙点睛式地认为，爱情固然亦作为本剧之主线，但却并非以描写儿女私情为主旨；它着重表现的是南明王朝一载即败亡覆灭的始末本源，关注对历史教训的深刻反思，不时流露出对故国的深沉悼念，浸染着浓重的家国意识。并特别指明，《桃花扇》的作者置身在异族入主中原的新朝伊始，犹及亲自见闻于前朝遗老风范与故都风物，且有意多所交接历览，故之那份种族兴替的巨大创痛、朝代更易的沧桑变感，也便会迥异于其他剧作者而更加切实深永了。

诗云："鹤鸣于阴，其子和之。鹤鸣九皋，声闻于天。"《文化中国：边缘话题丛书》洋溢着对中国传统文化的热情，贯通着对优秀文化传承倡扬的理想追求。它也依然循守这套大型丛书系列的整体体例和价值倾向，即根柢于可征信的确实文献史料，透过新时代意识的现代观照，出之以清便畅朗的"美文"与图文并映互动的外在形式，以求重新解读那些纷杂多元的历史文化话题及文学现象，就相关的人物、事件给出一些理性评说和感性触摸。所以，它因其灵活生动的巨大包容性，强调"可操作性与持续发展之张力"，已经形成为一个长期的品牌选题，分若干辑陆续推出，以期最终构建起大众文化精品系列群。

乔力　丁少伦

于 2013 年季春之月

目 录

第一章

姹紫嫣红：四百年惊艳《牡丹亭》

001

痴情穿越

浪漫唯美
《牡丹亭》

WEN

HUA

ZHONG

GUO

16 世纪末，中国明朝万历二十六年，也就是公元 1598 年的秋天，48 岁的汤显祖弃官回到了江西家乡，在临川写下了他的旷世杰作《牡丹亭》。几百年来，他这部描写"情不知所起，一往而深。生者可以死，死可以生"的"至情"传奇，散发着"妙处种种，奇丽动人"的绚烂光辉，曾令世间无数男女为之倾倒痴迷；它那出乎性情本原，觅求执守人生之情爱，一灵未泯、人鬼抵死缠绵的人物形象、曲折故事，承载了极为独特丰厚的文化蕴涵，流淌在中华文化的血脉里，世世代代，灼热了多少中国人的心。

那慷慨淋漓的驰荡风华中，展现的是怎样的生命之美，青春之美，情欲之美，生死不渝的爱情之美——包括了生命与一切有形无形束缚羁绊的抗争之美，虚幻溟灵的艺术情

汤显祖画像

境与人性的极度飞扬之美——这里确如康德所说,"美若是没有着对于主体的情感的关系,它本身就一无所有"。① 当年才华横溢、在官场屡屡碰壁受挫的汤显祖,以他与传统社会思想激烈矛盾冲突中形成的先进的人性观,和他深切感悟领会的人间之"情"的不可抗拒的力量,创造了《牡丹亭》这一巧夺天工的耀彩异葩,以杜丽娘的感情生梦、伤情而死、为情复活,表达了对生命尊严和个性自由的热切呼唤。从中,我们不仅可以追溯和了解《牡丹亭》这一世界名著的创作源头,还能够看到那些久远的,有关真挚热烈、至纯至坚的爱情的集体情感记忆,看到长期以来人们与《牡丹亭》形成强烈呼应的民族心灵历史和文化认同的心理路径。

一、《牡丹亭》故事的源起和文学蓝本

1. "至情"主题的远古传唱:古代神话和传说中的生死爱情

丰沃的中华大地,孕育了五千年神奇璀璨的文化。在那浩如烟海的人文历史中,从很早就流传、记载了各种和当时人类生活、社会境况联系在一起的爱情的故事、神话、民间传说。

在上古神话中,娥皇、女英的传说大约是最早的爱情记载。古代传说里她们是黄帝之后第四任部落首领尧帝的两个女儿,娥皇是长女,女英是次女,她们都嫁给了尧的继任者舜。舜有一次到南方巡视时,死在了苍梧,葬于九嶷山下。娥皇女英寻夫而去,被狂风阻于洞庭湖畔。二女天天在湖边面向九嶷山哭泣,悲痛的泪水洒落向竹林,立刻在竹子上留下了永远的斑斑泪痕。至今江南又称竹子为"斑竹"、"湘

---

① 康德:《判断力批判》[M],上卷,宗白华译,商务印书馆1993年版。

妃竹"，盖因于此。皇英二女最终为情投湘水而亡，化身为湘水之神。《山海经》载："洞庭之中，帝二女居之，是常游于江渊，出入必以飘风暴雨。"汉代刘向《列女传·有虞二妃》中记曰："有虞二妃，帝尧二女也，长娥皇，次女英。"晋张华《博物志·史补》云："舜崩，二妃啼，以涕挥竹，竹尽斑。"

战国时代，大诗人屈原感于娥皇、女英的事迹，在他的《九歌》中，特别写下了一段祭奠湘江女神的《湘夫人》，抒发自己对其的怀想和颂扬："帝子降兮北渚，目眇眇兮愁予。袅袅兮秋风，洞庭波兮木叶下。登白薠兮骋望，与佳期兮夕张。鸟何萃兮蘋中，罾何为兮木上，沅有芷兮潭有兰，思公子兮未敢言。"

娥皇女英的故事，不仅记述了人们早期对爱情的执著追求，还反映了上古时期人与大自然的矛盾，以及人类驾驭自然的幻想。湘水风浪阻隔心爱的人儿不得相见，那么追爱之人因情投水而化作了水神，从此出入便踏波行浪，挟风唤雨，拥有了神的力量。像记载于春秋《左传》、西汉的《说苑·善说篇》、《列女传》等文献里的孟姜女哭夫的传说，魏曹丕的《列异传》和东晋干宝《搜神记》等记载的韩凭夫妇事，汉乐府诗《孔雀东南飞》等，便陆续出现了人间统治势力，具体说是战争、强权或者封建宗法制，对人的爱情及其正常生活的压制和摧残，而人们纯真忠挚的爱情表达，其故事情节的发展，也由此表现得更为悲壮、曲折，充满了强烈的抗争气息和浪漫色彩。

孟姜女，据《毛传》："孟姜，齐之长女"。《春秋左氏传》"襄公二十三年"中载：公元前550年秋，齐国杞梁率兵攻打莒国，不幸战死。其妻孟姜迎柩至郊外，哀哭不已。《说苑》中同样记述了类似的故事，出现了"其妻悲之，向城而哭，隅为之崩"。孟姜女哭夫的故事在中国民间流传极广，后来几经演变。至唐代始，流布最广的一个版本是：杞梁被征召去修筑秦长城，劳累与寒病交加，被折磨致死，尸首

003

痴情穿越
浪漫唯美
《牡丹亭》

WEN

HUA

ZHONG

GUO

埋于城墙之下。前去给丈夫送寒衣的孟姜女闻讯在城墙下悲愤大哭，连哭几天几夜，血泪交流。在她不休止的恸哭声中，天地变色，大片城墙轰然崩塌，残墙断石下丈夫的尸骨露了出来，孟姜女负尸骨而归。此时的秦长城是人间极权的象征，孟姜女的恸哭里，包含了她对悲惨命运的愤怒与反抗。民妇哭夫而致城墙坍塌，从中流露了民间对情感力量的某种依托和信念。

韩凭夫妇的故事，更具有民间传说里真诚相爱、坚不可摧的典型性和浪漫色调。最早曹丕在《列异传》里对此曾有片断的记载，后来敦煌发掘出土了唐代的《韩朋赋》，故事情节较前已大大完善。目前所知比较原始和完整的，还有宋代乐史《太平寰宇记》里于韩凭冢处转引的《搜神记》：

"宋大夫韩凭取妻美，宋康王夺之。凭怒，自杀；妻隐腐其衣，与王登台，自投台下，左右揽之，着手化为蝶。又云：凭与妻各葬相望，冢树自然交，树有鸳鸯鸟，栖其上，交颈悲鸣。[①]

爱情在现实生活中被无情地摧折，彼此相爱的深情却能使人在死后长相依，化树、化鸟、化蝶，永不离分，在比现实人生更长久的时空想象中自由地存在。这个故事，映现了人们对于至爱深情牢不可破的坚定意念和美好的祈愿。其悲剧内核和浪漫主义的表现方式，对后世文人及文学都有着深远的影响。李商隐在他的《青陵台》诗里写道："青陵台畔日光斜，万古贞魂倚暮霞。莫讶韩凭为蝴蝶，等闲飞上别枝花。"化蝶的意象，到了后世，也有进一步演绎为韩凭夫妇的精魂最终化为蝴蝶飞去的说法。应该说，化蝶意象，与化木、化鸟等意象相比，含有更加凄楚迷离、虚幻和超越的复杂审美意义。当代有学者看到了这一点："化为蝴蝶的结局，能暗示出这实际上是一场不可能实现的美

---

① ［宋］乐史《太平寰宇记》，王文楚点校，中华书局 2007 年版。

好梦幻，比化鸳鸯的结局更能深刻地揭示出现实的残酷性，也就更赋予悲剧意义和悲剧美。""韩凭夫妇死后精魂化为蝴蝶，便还象征着生命的超越，意味着生生不息的生命过程的延续，其爱情之坚贞美好永不消失。"①

而《孔雀东南飞》大致创作于东汉建安年间，最早见于南朝徐陵所编《玉台新咏》，题为《焦仲卿妻》。后收入宋代郭茂倩编著的《乐府诗集》。诗前的序文写道："汉末建安中，庐江小吏仲卿妻刘氏，为仲卿母所遣，自誓不嫁。其家逼之，乃没水而死。卿闻之，亦自缢于庭树。时人伤之，为诗云尔。"在激烈的矛盾冲突中，刻画富有个性的人物形象，真实反映当时社会人们的感情生活，是这篇被后世诗坛赞誉为"古今第一首长诗"作品的最鲜明的艺术特点。而这种矛盾冲突，不仅仅表现为刘兰芝、焦仲卿这对年轻人的爱情与封建传统礼教的冲突，还有刘兰芝这样美丽、善良而又有识见的女性与男权制社会的根本冲突。

"十三能织素，十四学裁衣，十五弹空篌，十六诵诗书。十七为君妇，心中常苦悲。君既为府史，守节情不移，贱妾留空房，相见常日稀。鸡（鸣）入机织，夜夜不得息。三日断五匹，大人故嫌迟。非为织作迟，君家妇难为！"这种从女性视角、女性感受出发的倾诉、质问，在诗中占据了很大的比例。她对丈夫饱含深挚的感情，以被休回家后的拒婚、从容的"举身赴清池"去实践了与丈夫相爱不相负的诺言。同时她对自己婚后"昼夜勤作息，伶俜萦苦辛"的悲苦生活主动"请归"，又"勿复重纷纭"，对再度回来并不抱以幻想，说明了她对封建礼制和男权社会中的女性生存境地有着清醒的认识，对女性身负

① 梁小平：《韩平夫妇故事流传中的人文旨趣》，《盐城师范学院学报》，2001 年第 3 期。

005

痴情穿越
浪漫唯美
《牡丹亭》

WEN

HUA

ZHONG

GUO

的双重枷锁发出了沉痛的控诉。所以说，正是在这种双重意义上，刘兰芝是中国早期文学里少有的闪耀着叛逆色彩的女性形象。焦刘的爱情悲剧，寄托了人们对婚姻爱情自由的热切向往。这一著名爱情长诗的结尾，是充满了悲凉苍远意味的寓言化意象描述，也闪烁着坚贞爱情和理想的光辉："两家求合葬，合葬华山傍。东西植松柏，左右种梧桐。枝枝相覆盖，叶叶相交通。中有双飞鸟，自名为鸳鸯。仰头相向鸣，夜夜达五更。行人驻足听，寡妇起彷徨。"末尾的这一神话式表现手法，应该是在民间叙事文本中最早出现的，《韩凭夫妇》和《梁山伯祝英台》等民间传说的结局的幻化部分，大致也都是从其脱胎而来。质朴古隽的乐府形式，深远蕴藉的主题，性格鲜明的人物，以及将现实描写与浪漫幻变相结合的表现手法等，使《孔雀东南飞》成为千古绝唱，被人们历代传诵，也一直是后世文人表现忠贞爱情的一个重要主题。

2. 幻真交错的灵感触媒：志怪小说和唐传奇

自唐代传奇小说盛行后，"传奇"的称谓也开始逐渐在戏曲、案头剧等文学形式中流行。不仅仅是小说，早期的南戏、杂剧、诸宫调，举凡故事"奇"而可传者，都曾被文人雅士称作传奇。自明代起，人们才正式地把南戏剧本统称为"传奇"。

汤显祖，字义仍，号海若，又号若士，清远道人。他的传奇《牡丹亭还魂记》（简称《牡丹亭》），共五十五出。剧情故事的梗概如下：

南宋时期的南安太守杜宝，

夫妻只生一女，取名丽娘，年方二八，尚未婚配。杜宝欲让女儿成为知书达理的闺中楷模，特地为她聘请了年已六十的老秀才陈最良作塾师。一日，陈最良在课堂上讲《诗经·关雎》，惹动了杜丽娘的情思。伴读的使女春香，偶尔发现了杜府的后花园，于是引着丽娘，偷偷去了花园玩逛。久困闺房的丽娘，在鸟语花香的大好春光感召下，惹动了少女怀春之情。丽娘回房后，午憩睡眠中忽做一梦，梦中花园里一书生手拿柳枝要她题诗，后被那书生抱到牡丹亭畔，共成云雨之欢。丽娘醒后，恍若有失。第二日她单独又去花园，寻找梦境不得。自此相思成病，形容日渐消瘦。一日丽娘揽镜自照，见自己瘦削憔悴，有心留下春容。遂命春香拿来丹青、素娟，画下了一幅自画像，并在画上题诗一首。她把自己的梦境告诉了春香，并吩咐春香叫裱画匠将画装裱好。杜宝夫妇得知女儿病重，急忙延医用药，又让石道姑来念经，但都不曾见效。中秋之夜，丽娘奄然而逝。弥留之际，她嘱咐春香把自己的画像装在紫檀匣里，藏置于花园太湖山石下，又嘱母亲将她葬在花园牡丹亭侧的梅树之下。

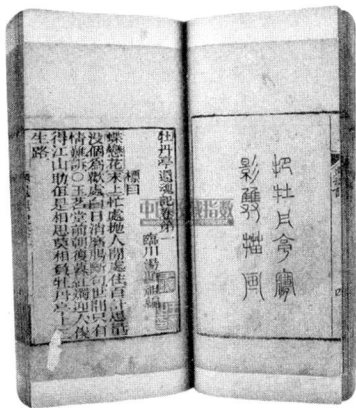

这时，投降了金国的贼王李全，领兵围淮、扬两地，朝廷提拔任命杜宝为淮、扬安抚使，着即刻动身前往。杜宝匆匆安葬了女儿，并造了一座梅花庵供奉丽娘神位，嘱托陈最良和石道姑照料，遂带了夫人和春香前去淮安。再说广州府有一个叫柳春卿的秀才，因梦见在一个花园里，一妙龄女子立于梅树下，说她与他有姻缘，因此改名柳梦梅。这年，柳梦梅去临安赶考，走到南安时因病入住梅花庵。这日他病体渐愈，偶游花园，不意在太湖石边，拾到了杜丽娘的画匣。柳梦

007

痴情穿越

浪漫唯美
《牡丹亭》

WEN

HUA

ZHONG

GUO

梅回到房间，将杜丽娘画像挂于床头前，夜夜焚香拜祝。已在阴间三年的杜丽娘，被阎王查得阳寿未尽，听凭其自行回家。丽娘鬼魂飘游到梅花庵里，恰遇着柳生正面对自己的画像拜求，丽娘大受感动，与柳生相见欢会，自称是西邻之女。他们俩的夜夜说笑声，惊动了石道姑。一天夜里，相会的两人被突然到来的石道姑冲散。第二天，杜丽娘即向柳生道明了实情，并要求柳生在三天之内挖开她的坟墓开棺，只有如此这般她才能得以生还。柳生这时只得对石道姑实情以告，请求她相助此事。翌日他们挖坟开棺，丽娘得还魂复生。石道姑怕此事被人发觉获罪，当夜雇船三人逃去临安，在钱塘江边住下。

陈最良发现杜丽娘坟被挖盗，尸身杳无踪影，忙赶去扬州欲向杜宝报告。此前杜宝一行前往淮、扬，因军情危急，半途中杜宝安排夫人和春香乘船避向临安，自己一人前去赴任。而陈最良还没到淮安即被叛军俘虏，李全得知陈是杜家的家塾先生，就对陈谎说已杀了杜夫人主婢二人，放他而去。陈到淮安见了杜宝，禀告了这一系列的恶耗，杜宝大恸。后杜宝忍悲修书，让陈最良带给李全夫妻，封官许愿，终于招降了李全。淮安就此解围。柳梦梅赴考后，因淮、扬兵事朝廷延期放榜。杜丽娘惦念父母，嘱柳生前去探望。杜夫人和春香与丽娘、石道姑巧遇。柳生在淮安见了杜宝，杜宝以假冒罪名令人拿下柳生，押往临安。杜宝因军功升为宰相，陈最良也任了黄门奏事官。此时朝廷发榜，柳梦梅中了状元。但柳这边因从他身上搜出了杜丽娘画像，正被杜宝认定是盗墓贼吊打。后杜宝被告之柳生已考中状元，继被告之小姐确已复活，而夫人等并未身死，杜宝不信，认为皆是鬼妖之事，要奏请皇上灭绝之。最后皇上要一干人等全都来到金銮殿，经皇帝当场确认裁决，父女、夫妻相认。杜丽娘又劝柳梦梅拜见岳父，一家人终于大团圆。

当时，戏曲的取材和结构都深受史传文学、志怪小说、唐宋传奇

和宋元话本的影响，它们一个共同的特点就是故事性强，情节曲折生动。而汤显祖成功写作《牡丹亭》，根本原因在于他所处的时代，他所拥有的时代思想深度和他极其优异的艺术创造才华，包括缘于他本人富瞻深厚的文学艺术修养。

在《牡丹亭记题词》中，汤显祖写道：

"天下女子有情，宁有如杜丽娘者乎！……梦中之情，何必非真？天下岂少梦中之人耶！必因荐枕而成亲，待挂冠而为密者，皆形骸之论也。传杜太守事者，仿佛晋武都守李仲文、广州守冯孝将儿女事。予稍微更而演之。至于杜守收拷柳生，亦如汉雎阳王收拷谈生也。嗟夫！人世之事，非人世所可尽……"

这里他提到的"传杜太守事"，指的是明初的话本小说《杜丽娘慕色还魂记》，它正是汤显祖创作《牡丹亭》时所依据的蓝本。而汤氏随后提到的与其仿佛之事，那"更而演之"的，是魏晋六朝时代的几篇志怪小说。这一方面，是为了表明他所写的"有情的梦中之人"故事，系古来天下久已有之，只是往往非世人能够将其说清道明罢了，而此处并非妄言谵语；另一方面，也就同时说明了他在酝酿作品、寻找其历史线索的对应时，自然地考虑到了这几篇志怪作品。在魏晋南北朝时期，小说分别为志怪和志人两大类形式，其中志怪小说的数量颇为丰富。它们记述神仙方术、鬼怪巫妖、奇闻异物和佛教灵异等非现实的故事逸闻，亦记载了一些以神异鬼怪之事为主要内容的野史传说，其中有大量的鬼魅神妖与人恋爱的故事，有些优秀的作品，不仅反映了当时宗教色彩浓郁的社会风气，更曲折地表达了其间士子平民的生活憧憬和爱情观念，充满了奇丽诡异的魔幻浪漫气息。

《题词》中所谈到的"李仲文女"，出于托名陶潜著的《搜神后记》。写晋时武都太守李仲文丧女，年仅十八岁，葬在了郡城北面。后来张世之代理郡守的职务。张世之的儿子张子长，年纪二十岁，随从其父在衙门里。子长梦见一女子，年十七八岁，美貌异常。自称是前府君之女，不幸早亡。如今快要复生了，因为喜欢子长，故前来相会。如此幽会了五六晚后，女子在白天出现，衣饰散发着奇香，两人遂偷偷做了夫妻。后李家无意中在张子长床下发现了女儿的一只鞋，十分惊异，便怀疑指责张家盗墓。在其父询问下，子长详告始末。两家认为此事太奇怪，便开棺查看。一看女子身体上已长了肉，容貌和生前无异，只有右脚穿着鞋子。后来子长梦见女子前来哭诉："我本快要复生了，如今却被提前打开了棺材，自此以后，就再也不能生还了，心中的悲恨无法言说！"两人涕泣诀别。

《冯孝将子》也出于《搜神后记》，还见载于南朝刘敬叔编撰的《异苑》和刘义庆著《幽明录》。写东晋广州太守冯孝将的儿子，名叫马子。一日夜晚，马子梦见一女子，十八九岁的样子，说自己是北海太守徐玄方之女，不幸为鬼所害，然而寿不该终，如果马子能帮她还阳，便做他的妻子，问马子可愿意娶她。马子按照他们约定的日子去祭坟、开棺，见女子尸身完好如生，便抱回去细心养护。一年后女子的肌肤气力恢复得和常人一样，马子遂聘娶她为妻。后来他们生育了二男一女。

《谈生》的故事，则见于曹丕的《列异传》。谈生年四十岁未婚，平日很喜欢读《诗经》。忽然一天半夜，屋里来了一位女子，年十五六，姿容服饰，天下无双。她主动与谈生结为夫妻，但说"我与平常人不同，请不要用灯火照我。三年后才可以"。他们的儿子两岁时，谈生忍不住偷偷用灯照她，见其腰下还有枯骨。女子惊醒后痛哭，责怪谈生不能忍耐，以致其无法彻底生还，只能就此永别。临行前女子赠给谈生一件华贵的珠袍，嘱其日后艰难时可卖了袍子维持生活，又撕下了谈生的一块衣摆留作纪念。后来谈生卖的珠袍被睢阳王家买去，发现竟是已故王女的袍子，就抓了谈生去拷问。谈生据实以告，睢阳

王挖开女坟，果然在棺盖下见到了一块谈生的衣摆。于是睢阳王重新请出谈生，认他为婿。后来还上表朝廷，赐给了谈生的儿子侍中的官衔。

细观这三篇志怪小说，便会发现其中有几个鲜明的模式特点：其一，写的都是人鬼相恋，人与鬼之间自由而曲折地结合。其二，写的都是女子主动钟情于男子，女子死后大胆热情地在爱情中争取复活的故事。第三，写爱情的忠贞。其中的女子固然是为了爱情可生可死，男子也每每为了所爱之人，并不畏惧鬼神世界和现实中的权势，像《冯孝将子》里的马子，更是全心地去爱护女子，帮助女子复活。第四，反映了对等级意识的淡漠。这主要在《谈生》一篇，它打破了爱情的门第观念。写穷书生与王女平等地恋爱，后来还被睢阳王接纳为婿。看到这些，就会明白为什么它们或类似的作品会引起汤显祖的关注，而将这些特点与《牡丹亭》的思想内容和某些具体的细节进行寻绎分析，便不难看出上述小说与《牡丹亭》的创作构思之间，确实存在着一些不同程度的联系。

在创作灵感的触发和作品情节构思上，汤显祖所调动的素材累藏，同时还来自唐代传奇。在文学演进的历史上，唐传奇比之六朝志怪，有了显著的发展变化。鲁迅在他的《中国小说史略》里，对此有着精辟的阐述："小说亦如诗，至唐代而一变，虽尚不离于搜奇记逸，然叙述宛转，文辞华艳，与六朝之粗陈梗概者较，演进之际甚明，而尤显者乃在是时则始有意为小说"。他说例如唐代沈亚之的《湘

《魂游》

011

痴情穿越

浪漫唯美
《牡丹亭》

WEN

HUA

ZHONG

GUO

中怨》、《异梦录》、《秦梦记》"皆以华艳之笔，叙恍惚之情"，而《李娃传》的作者白行简"本善文笔，李娃事又近情而耸听，故缠绵可观".① 等等。其实应该说整个唐代文学，对汤显祖的文学造诣和创作实践，包括《牡丹亭》的创作都有着深刻的不可忽略的影响，而目前仅就唐传奇与《牡丹亭》的创作缘起和情节构思等关系来看，其中有助于《牡丹亭》题材形成和情节结构的作用亦比较凸显。汤显祖一向非常喜欢和熟悉唐传奇，可谓是烂熟于心，随时可信手拈来。正像有学者在文章里指述的："汤显祖在《续虞初志》的《许汉阳传》总评中写道：'传记所载，往往俱丽人事。丽人又俱还魂梦幻事。然一局一下手，故自不厌。'这说明汤显祖所熟悉的此类故事远不止以上述则，他对这些故事深有研究，对于它们的个性了如指掌".② 文中进而举出了《酉阳杂俎》、《闻见录》等几部唐传奇小说里幽丽奇幻的故事为例，如《郑穷罗》、《张云容》、《华州参军》、《画工》等，一一详细地指出了它们与"《牡丹亭》第二十七出《魂游》写夜间阴风萧飒的气氛和杜丽娘鬼魂闻声徘徊的情态"、"杜丽娘之魂得男子精气而生"的故事内核，"第四十八出《遇母》中杜夫人与春香见到还魂后的杜丽娘时又惊又疑的神态"等等在描写上的"异曲同工之处"，有的则与《牡丹亭》"在精神上相通"。当然，汤氏的描写无疑更为深细，也更加形象。而对这些文学典故材料在写作中不露痕迹的采撷、发展运用，已"成为他本人独特性艺术创造的一个有机组成部分，其作用已远远超出传统意义上的用事用典".③此语实已透辟地说明了《牡丹亭》与唐传奇之间的灵活借鉴关系。

---

① 《鲁迅全集》第 9 卷，人民出版社 1991 年版。
②③ 赵山林：《汤显祖与唐代文学》，载《文史哲》1998 年第 3 期。

3. 元杂剧的浸润影响：一往追之，快意而止

至于元杂剧，因为离汤显祖生活的时代最近，他本人又热衷于戏剧创作，所以对元杂剧他更是极为熟悉并且娴于此道。与他同时代的文人姚士粦在《见只编》卷里说："汤海若先生妙于音律，酷嗜元人院本，自言箧中收藏，多世不常有，已至千种。有《太和正韵》所不载者。比问其各本佳处，一一能口诵之。"[1] 又据另一位明代戏剧理论家臧懋循说，他当初编《元曲选》时，麻城锦衣卫刘承禧家藏有抄本杂剧三百余种，"世所称元人词尽是矣，其去取出汤义仍手。"[2] 这原来全都是从汤显祖那儿得来的。说汤氏酷嗜此道真是一点儿也不为过。

元杂剧又称北曲、元曲（元曲里又包含了杂剧和散曲两个部分），形成于宋代末年，兴盛于元朝的大德年间。元杂剧最初诞生和流行于北方，在南宋王朝灭亡，元王朝统一天下后，开始南移。在内容上，元杂剧丰富了以往的民间传唱，广泛地反映了当时的社会现实，是13世纪后半期至14世纪期间，一度在中国创作和演出最为繁荣鼎盛的戏剧形式。元杂剧的主要代表作家是关汉卿（约1220～1300）、王实甫（1260～1316）、马致远（约1250～1321）、白朴（1226～?）等人，代表剧目有《窦娥冤》、《汉宫秋》、《西厢记》等，也均为中国古代文学中的经典作品。到了明代中叶，杂剧逐步为南曲所取代，其演唱也从日渐式微到逐渐失传。据明代何良俊的《四友斋丛说》里记载，在明万历以前，一般的杂剧演唱已属罕见。只是在明代，元杂剧的剧本还有很多被保留着，许多文人乐于将其收藏。在这一点上，汤显祖也自是其中的翘楚，至清代后则大量地流失湮灭。从世上现存的元杂剧剧

---

[1] 王国维：《曲录》卷四《传奇部》上。《曲苑木集》，六艺书局1932年版。

[2] 臧懋循：《寄谢在杭书》，《负苞堂集》卷四。河洛图书出版社1958年版。

013

痴情穿越
浪漫唯美
《牡丹亭》

WEN

HUA

ZHONG

GUO

本中，有不少来自明代的《御戏监本》和《内府本》这一现象来说，或也可以认为是明代保留杂剧戏本颇丰的另一佐证。

汤显祖对于元杂剧，可说是尽情揣摩妙赏，钻研极深，又能在创造性的汲取和继承中独树异帜。先说在作品情节上，《牡丹亭》也受到了元杂剧的影响。经常被人所提到的，一是无名氏的杂剧《萨真人夜断碧桃花》，二是郑光祖根据唐传奇小说所作杂剧《倩女离魂》。《碧桃花》写的是知县之女碧桃，与县丞之子道南本有婚约，凑巧在花园相遇，碧桃因此被父叱责后夭亡。数年后道南状元及第，夜游花园，追怀伤感，碧桃亡魂出现与其幽会。后来碧桃在萨真人的帮助下得以借尸还魂，与道南二人团圆。《倩女离魂》则写倩娘不忍与爱人王宙分离，相思成病。她的魂魄跋山涉水，追赶上王生，与他同居在一起。五年后倩娘思念父母，返回家中，其魂灵又和卧床的身躯合而为一。这两个杂剧故事，与《牡丹亭》的第二十三出《冥判》、第三十六出《婚走》中的情节和唱词等都有相似之处。而第三十六出柳梦梅的唱词，作者的本意就是采用了前代的典故。

即便如此，《碧桃花》之类也不能和《牡丹亭》的成就同日而语，绝不是当时有人所指的是模仿前者而作。正像徐朔方说的："《牡丹亭》的《冥判》显然曾从《碧桃花》第三折得到启发。两个作品的优劣对比同样具体而微地表现在这两折（出）之间。"他说："《碧桃花》虽然是已完成的杂剧，但它犹如一曲民谣，含有动人的旋律而并未按照和声、对位的原理谱成完美的作品。碧桃死而还魂复活，应是生死如

《婚走》

一的真诚所致，但作品中除了素描式的简单情节并未着意渲染。——碧桃和丈夫已有婚约在先，消弱了主题的积极意义。《碧桃花》的弱点正好反衬《牡丹亭》的不同凡响。"①

论起旧剧，近代吴梅也说："自汤若士杜丽娘还魂后，顿使排场一新。"②

文学作品都是现实生活的反映和回响，从上述这些故事在民间和各代文学长期流传的情形里，使人看到了岁月如河，有多少人，尤其是有多少女性，在生活中被传统陈旧意识所压抑，青春生命在被围闭、窒息中艰难喘息，辗转挣扎。汤显祖通过那些历史文字里的"往往俱丽人事，丽人又俱还魂梦幻事"，增添了他的生活体验、艺术审美启示与积累，必定也看到了人性的前世今生。所以他的《牡丹亭》，他的杜丽娘还魂事，是他沉潜神会、含英咀华，在广泛承续借鉴基础上的夐夐独创，其必然挟裹着时代思潮激荡的风云和鲜明特异的个人情感印记及艺术烙印，包括他所处时代的社会审美需求，而不是对前人步履的摹印与重复。

对于元杂剧，汤显祖恐怕最为看重的，还是它那种出于北地的、特有的泼辣朴雅的精神和意趣。元杂剧辞曲善用方言俗语、节奏感和变动感强烈的特点，符合了他所强调的剧曲创作注重"意趣神色"的要求。冰丝馆刻本里如此点批《牡丹亭》："……是元人血脉，亦是子、史精华。""驱遣元人，出神入化。"③ 周贻白谈到明代戏曲的雅俗嬗变时这样说："明代传奇不妨说是参合南戏和元剧而产生出来的另一种形式。其和南戏不同的地方，也许竟和北剧有关，不必皆为明人的创

015

痴情穿越
浪漫唯美
《牡丹亭》

WEN

HUA

ZHONG

GUO

---

① 徐朔方：《汤显祖评传》，南京大学出版社 1993 年版。
② 王卫民编：《吴梅戏曲论文集》，中国戏剧出版社 1983 年版。
③ 《玉茗堂还魂记》，清乾隆四十六年冰丝馆刻本。

体。"① 这一观点，实际上指出了文艺形式、文体的兴衰交替之际往往会出现的一种规律性现象和特点。当时明代文人作传奇时，参照融汇前朝元曲，也是一时的风尚。而汤显祖，则更是率性汲纳北曲特征，以自成一家，畅其才情。晚明大戏剧理论家，也是剧作家的吕天成如此说他："熟拈元剧，故琢调之妍俏赏心；妙选佳题，故赋景之新奇悦目。"②。吴梅则直接指出："玉茗以善用元词名。以北词法填南曲，其精处直驾元人而上之。自有词家，无人能敌也。"③

汤显祖在临川的住所和书斋名为"玉茗堂"，在《牡丹亭》的第一出《标目》里，也有这般自叙的曲句——"玉茗堂前朝复暮"，所以，人们有时也以"玉茗"来作为汤显祖的代称。吴梅说汤显祖以"北词法填南曲"，汤在戏剧的曲辞韵律上是怎样具体运作的，现在已无法得到更详细的解释。只能由此意会到，这其中体现了他在艺术上对元曲"为我所用"的态度，属于一种文体意识上的自觉。而所能得知的是，汤显祖在创作中，不仅善于吸取传统文学的民主思想精华，在艺术形式上也不拘泥于当时公认的戏曲的宫调韵律、句格字声等规则，置当时一些人指责他动辄"出宫犯调"的垢病而不顾，在文体上勇于创新和变革，坚持做回"自己"，从而取得了璀璨夺目的艺术成就。回顾汤显祖作品的渊源和与前代文学之间的关系，还是借用清人沈际飞为他所作的形象化概括比较准确："以为追琢唐音乎，鞭棰宋调乎，抽翻元曲乎？当其意得，一往追之，快意而止。非唐，非宋，非元也。"④

---

① 周贻白：《中国戏剧史》，中华书局 1953 年版。
② ［明］吕天成著，吴书荫校注：《曲品校注》卷上，中华书局 1990 年版。
③ 王卫民编：《吴梅戏曲论文集》，中国戏剧出版社 1983 年版。
④ 沈际飞：《牡丹亭题词》，见崇祯间刻《玉茗堂四种曲》。

4. 流传文本的淬炼创新：从明初话本到绝世杰作

明朝帝国建立后，恢复了汉族皇权在中国社会的最高统治地位，封建宗法制度和专制主义也随之得到了近一步强化。在文化上，明朝初期的统治者，一面实行政治上的高压政策，一面大力倡导和推行程朱理学，以便钳制和禁锢文人的思想。当年洪武登极之初，便立即下诏废除元俗，恢复汉制。于是在社会文化、文艺娱乐等方面也渐渐地"风气所变，化北为南"。南方文化遂逐步得到了长足的发展，从而为明传奇的发展和兴盛创造了条件。只是明代早期的传奇，在当时的社会状况下，不管是在思想内容上，还是艺术表现上，都受到了当政者和理学观念的严格控制与约束。

如当时对于戏剧的创作与演出，在国家颁行的法律《大明律》中，便有着如下的规定："凡乐人搬作杂剧戏文，不许妆扮历代帝王后妃、忠臣烈士、先圣先贤像，违者杖一百，官民之家容扮者同罪。其神仙道扮及义夫节妇、孝子贤孙、劝人为善者不在禁限。"

这一现今看起来颇为滑稽可笑的律法定规，虽然即便是在当时的社会生活中，也不可能得到人们完全的、不打折扣的贯彻执行，但却是在社会思想导向和文化的体系机制中，对人们的艺术思维和戏剧表现、娱乐内容的一种明令限制，有着严苛的限制意图和运作规章。在这种文化专制主义下，明初南戏的复兴势头，已然受到了严重的遏制，文人传奇的创作，也随之出现了萧条停滞的局面。文学创作中，凡是被认为是出格的或是激进的作品，甫刚出世便会被扼杀在萌芽中，而此时一些迎合封建政治需要的伦理教化剧，在传奇案头剧和表演的舞台上大行其道。像当时时常演出的《五伦全备记》、《香囊记》等，就是一些图解三纲五常、宣扬愚忠愚孝的戏剧，充满了死板八股味和酸腐的道学气息。

痴情穿越
浪漫唯美
《牡丹亭》

WEN

HUA

ZHONG

GUO

明代传奇的发展高潮，出现在明代中期（嘉靖）以后。嘉靖至万历年间，中国的纺织、印染、造船、冶炼等领域的生产技术有了很大的发展，城市经济开始繁荣。资本主义生产方式的萌生，催生和造就了王艮、颜山农、何心隐、罗汝芳、李贽等一批反对旧传统的思想家，也给明传奇的繁荣提供了相应的经济基础。同时，南戏声腔艺术的衍变和发展，是明传奇进入黄金时期的重要内在因素。在嘉靖、万历年间，由南方民间音乐而来的南戏各种声腔——海盐腔、弋阳腔、昆山腔、余姚腔"四大声腔"蓄势勃发，其中有的更随着流播地域的广泛和地域文化的不同，而随机地与当地的曲调、方音相结合，从而形成了更多的具有地方特色的声腔变体，展现了南戏的旺盛生命力。嘉靖时，戏曲家魏良辅改革了昆山腔。其后又有一位改革者梁辰鱼，把昆山腔真正搬上了戏曲的舞台，这就是后来的昆曲。

这种充分发扬了文人词曲特点——依照文字的声韵来谱以腔调的新昆腔，又俗称"水磨调"的崛起，使得传奇在音乐上的表现力和表现技巧大放异彩，也吸引了更多的文人去从事传奇剧本的创作。而当时新的时代思潮，则有力地推动了反映人们反对专制的心声和追求个性解放作品的出现。于是在万历中后期，中国出现了一批名耀史册的戏剧作家，汤显祖，就是其中的杰出代表。

汤显祖《牡丹亭》的真正蓝本，是明代早期的话本小说《杜丽娘慕色还魂》。

正如前面所说，他的《牡丹亭题词》里所提到的六朝志怪小说，有助于他写作时的酝酿和构思，也是他作品题旨的佐证。而从《牡丹亭》的故事线索、主要人物和基本情节来看，都主要出于这本早期的话本小说。《杜丽娘慕色还魂》的现存话本全文，见于何大抡的《重刻增补燕居笔记》，在明嘉靖进士晁瑮的《宝文堂书目》中，著录为《杜丽娘记》。相比照一下就能够看出来，《牡丹亭》里几场重要的戏

目内容，比如《惊梦》、《寻梦》、《写真》、《闹殇》《拾画》、《玩真》、《幽媾》、《冥誓》、《回生》等等，在话本中都俱已成型。，甚至其中有的词句语言都是相同的。但这个话本，对比于汤显祖的《牡丹亭》，又显然只是一个粗疏的框架和情节底本。徐朔方对此说："这些爱情故事的重要情节，差不多在话本里都已经有了，然而粗糙简陋，人们难以发现它的魅力和可能有的社会影响。"他认为历史上有许多作品由于未加雕琢而难以受人赏识。它们既不能用传统精神加以解释，又没有成熟到让自己的特征鲜明地表现出来。《杜丽娘慕色还魂》话本，就属于这样的没有文采的作品。①

袁行霈主编的《中国古代文学史》里，则直接评价了汤显祖对这篇话本是如何"点石成金"的："汤显祖以点石成金的圣手，将话本的认识意义与审美价值擢升到新的高度。话本原本是两个太守，一双儿女，门当户对，终偕连理的喜剧框架。汤剧则将那男主人公的社会地位下移为穷秀才身份，就连科考的盘缠都要靠他人资助。话本中的双方父母承认儿女婚姻何等爽快，而剧中的杜大人要认可女婿则比登天还难。话本中正反两方面冲突的阵营十分单薄，剧本中则创造了腐儒陈最良、花神、判官等一系列新的角色，从而使冲突的构建更为丰厚完整。话本窘迫仓促地讲完一个言情故事，剧本则舒缓从容地演叙出一个个如诗如画的抒情场面。"②

就这样，汤显祖将一本只有几千字的话本小说，进行了具有本质意义的创造性改编。从《牡丹亭》全剧来看，他那带动了整部作品，使其熠熠生辉的优异的创新，还有两个方面的重点体现：第一，是生动地渲染了杜丽娘所处的时代氛围，使人们更真切地感受到了杜丽娘

① 徐朔方：《汤显祖评传》，南京大学出版社 1993 年版。
② 袁行霈主编：《中国古代文学史》第四卷，高等教育出版社 1999 年版。

019

痴情穿越
浪漫唯美
《牡丹亭》

WEN

HUA

ZHONG

GUO

的青春苦闷和生命的压抑；第二，是在其所展示的社会、礼教、宗法、人性、身体等各方面的矛盾冲突中，始终突出了杜丽娘对于爱情主动执著的追求，塑造和呈现了杜丽娘鲜活而丰富的内心世界。

正是基于这一切，从而产生了汤显祖的《牡丹亭》这一中国文学史册上，最富于激情的描摹生命、礼赞爱情，直达人性底奥的华彩宏章。

二、明传奇的辉煌与《牡丹亭》的巨大反响

1. 牡丹魂梦去来时："家传户颂，几令西厢减价"

"白日消磨肠断句，世间只有情难诉。""但是相思莫相负，牡丹亭上三生路。"

《牡丹亭》一问世，便引起了极大的轰动。人们争相一睹为快。时人记载，"《牡丹亭》甫就本，而识者已口贵其纸，人人腾沸"，"书出之时，文人学士，案头无不置一本"。

《牡丹亭》之前，元代王实甫的《西厢记》已谱写了一篇男女爱情的浪漫宣言，一首情的真挚颂歌，"则愿天下有情的都成了眷属"；崔莺莺"花落水流红，闲愁万种，无语怨东风"的形象，早已深入了人心。《牡丹亭》一出，剧中女主人公杜丽娘的形象别具光彩。"天下女子有情宁如杜丽娘者乎！……情不知所起，一往而深，生者可以死，死可以生……"在明代冲决理学樊篱的洪流中，这份"至情"的赞歌，更加焕发了浪漫主义的奇绚光辉。

《牡丹亭》杜丽娘为情而死，又为情而死后重生之事，看似虚幻恍渺，但又被放置了现实、真切的社会环境中。日月更迭，时空交错；幽冥阳间，虚实相生。明艳烂漫的春景中，少女怀春的哀怨婉转悱恻，

犹如天籁之音，丝丝袅袅扣人心扉；冥茫阴阳界，丽娘的灵魄飘忽来去，亲伦痛唤，女情执守，屏障层层令人瞠目销魂。剧本深刻的意蕴，至深的情思，错金镂彩的语言，虚实变幻的结构，及其所覆盖的广阔社会生活内容，使一曲缱绻缠绵的《牡丹亭》，成为明传奇中脍炙人口的惊世之作。

当时的文士名流，文学界和戏剧界名家，都纷纷交口称赞，认为《牡丹亭》"灵奇高妙"，"语动刺骨"，可谓搜抉人之灵根，掀翻了世间情窟。沈德符评述道："汤义仍新作《牡丹亭》记，真是一种奇文，未知王实甫、施君美如何？恐断非近日诸贤所能辨也。汤义仍《牡丹亭》梦一出，家传户诵，几令《西厢》减价。"①

王思任对汤显祖创造的杜丽娘形象，表示了深刻的理解和赞赏："若士以为情不可以论理，死不足以尽情，百千情事，一死而止，则情莫幽深于阿丽者矣"，而他说当自己读《牡丹亭》时，那感受则是"情深一叙，读未三行，人已魂销肌栗。"②

王骥德则认为汤显祖的《还魂》（《牡丹亭》）与其另外"二梦"（《紫钗记》与（《邯郸梦》）"以虚而用实"，实属特别地不易。"可令前无作者，后鲜来哲，二百年来，一人而已。"③

吕天成亦评道："《还魂》杜丽娘事，甚奇。而着意发挥怀春慕色之情，惊心动魄。且巧妙叠出，无境不新，真堪千古矣。"④ 盛赞此剧为千古绝调。

① 沈德符：《顾曲杂言》，《中国古代戏曲论著集成》第四册，人民出版社 1982年版。
② 徐扶明：《牡丹亭研究资料考释》，上海古籍出版社 1987 年版。
③ 王骥德：《曲律》，《中国古典戏曲论著集成》第四册，中国戏剧出版社 1982年版。
④ 吕天成：《曲品》，《中国古典戏曲论著集成》第六册，中国戏剧出版社 1982年版。

痴情穿越
浪漫唯美
《牡丹亭》

WEN

HUA

ZHONG

GUO

他在《曲品》中，品评作者汤显祖为上中之上，《曲品》中说："汤奉常绝代奇才，冠世博学，周旋狂社，坎坷宦途。当阳之谪初还，彭泽之腰乍折。情痴一种，固属天生；方思万端，似挟灵气。搜奇八索，字抽鬼气之文；摘艳六朝，句叠翻花之韵。……丽藻凭巧肠而潜发，幽情逐彩笔以纷飞；蘧然破噩梦于仙禅，矍矣锁尘情于酒色。熟拈元剧，故琢调之妍媚赏心；妙选生题，致赋景之新奇悦目。原非学力所及，洵是天资不凡。"①

上述还仅是几个有代表性的例子。《牡丹亭》的问世，着实掀起了一股围绕它进行评点论说的热潮。当时也有不少人，特别是一些戏曲家，认为这部戏的确吸引人，文辞也很美，但是不怎么符合曲律，主张改动剧本原曲。这种主张和举动，引起了汤显祖的强烈反对，他曾多次在书信、文章中强调，认为一旦改动了剧作，就会影响到剧中思想感情的表达。总之，在当时以及稍后一段时期里，主要是在明清两代，人们怀着持久而浓厚的兴趣，热衷于对《牡丹亭》的评点和解读。后来，有人专门在这方面进行了一项调查，从中得知，虽然年代已久，不少当初的书面文字已经湮灭无存，但对《还魂记》（《牡丹亭》）的书面评点者，留下了记录的就超过了百人，其中文字的评述多达120余条②，这在当时已经是一个很可观的数字。当时一些著名的戏曲家、文学家和学者，如臧懋循、冯梦龙、沈璟、吕天成、王思任、王骥德、李渔等人，他们先后都评点过《牡丹亭》，有的还很快将《牡丹亭》剧本进行了改编。比较著名的评本有茅暎评本、王思任评本、《才子牡丹亭》和《吴吴山三妇合评〈牡丹亭〉》等，都是比较重要而有特色

① 明·鬱蓝生、清·高奕撰《曲品附传奇品》，吴梅校勘，北京大学出版部1918年版。

② 毛效同：《汤显祖研究资料汇编》，上海古籍出版社1986年版。

的评本。另外还有一些普通的文人读者，更有一批热爱诗文的知识女性，都加入了对《牡丹亭》的评点。这些各色人等，从不同的身份角度，从社会、伦理、艺术手法、人物形象和曲辞语言、意味蕴含等等作品的艺术层面和文化层面，去介入，去细细地鉴赏和品评《牡丹亭》。各种各样的欣赏、批评、阐释、意义上的延伸论证等等，亦如杂树生花，落英缤纷；其间逸兴遄飞、视角犀利、识见与笔意富有华彩者比比皆是。也有的竟自身生成了一种奇特而庞杂莫测的文化文本现象。例如，清代吴震生和其妻子程琼合作的《牡丹亭》评注本《才子牡丹亭》，此书在剧本行句间所加的批语、附录，内容极多，并往往引经据典，其涵盖面涉及了诗词曲赋、小说、历史、理学、医学、社会民风习俗、制度礼仪等各个方面，像一本微缩的百科全书，约30万言，字数容量上远超过了《牡丹亭》正文。它的中心内容，是用"情色"论，来诠释汤显祖的《牡丹亭》。认为其剧的主旨，正是"色情难坏"，就是说人的慕色之情、爱恋异性之情，是天生就该有的，是锉灭不了，也断绝不尽的。将剧中的剧情标目、人物姓名、风雨花夜意象，甚至一些诸如叛军、异族征战等次要情节，直至遣词用句，都用来直言色相，和"色情"的寓意、象征联系在了一起。但它又不单单是这些，还牵涉到了一些关乎人性根本的哲学层面的东西，所以说它本身又成为了一部奇书。

　　总之，《牡丹亭》在文人和读者中引发的诸大的评点和解读阵势，呈辐射性地迅速加快了《牡丹亭》的传播速度，有力地扩展了它的社会影响，使《牡丹亭》的思想和艺术，被更广泛的人群所理解和喜爱。而这些评点文本，对于后世《牡丹亭》传播的导向作用以及其本身所拥有的文化和艺术价值，同样也不可小觑。

　　那么到底是什么让汤显祖的《牡丹亭》在当时以及后来，都像是有着巨大魔力的磁石一样，紧紧地吸引了人们？令古往今来无数的人

痴情穿越
浪漫唯美
《牡丹亭》

WEN

HUA

ZHONG

GUO

对它沉迷不已、如醉如痴？要解得其中的缘由，除了艺术上的诸多因素之外，不能不对宋明之际在程朱理学影响下的中国传统社会状况，先有一个简要的了解。

《牡丹亭》里的故事背景，设置在宋代。现实中，程朱理学在南宋后期，开始为中国统治阶级彻底地接受和加以推崇。经元到明清两代，正式地成为了国家意识形态方面的统治思想。占有了话语主导权的理学家认为，"理"也即天理，其无所不在，既是世界之本源，也是社会生活的最高准则。他们和统治者，用"存天理、灭人欲"、"革尽人欲、尽复天理"①的封建礼教思想，去禁锢、僵化人们的头脑，束缚压抑人的心性。在元代，由于是异族统治，程朱理学对社会生活的实际影响还不是十分严重。但是到了汤显祖生活的明代，统治阶级为了巩固和加强自身的统治地位，其封建专制统治愈发地黑暗和严酷。这在前面已略有述及。明代统治阶级为了钳制人心，在思想文化上大力推行封建伦理观、禁欲主义等，执"理"非"情"，势无两存。对内政治上辅臣专权，贪腐丛生，百姓困厄。对外则屡遭外族和日本、朝鲜等国的侵略骚扰，国力上的巨大耗损，官僚体制的软弱妥协和征战人事上的混乱，处处显露了明王朝的昏朽无能。

明代封建统治对于妇女的压迫，更是到了惨烈的地步。有历史学者指出："明代是中国封建社会妇女地位急转直下的时代。妇女地位自宋以来，又进一步沉落了。"②皇帝和帝妃亲自提倡"女德"，强调节操。妇女要为丈夫守节，臣子要为朝廷守节。维系封建体系内部秩序的封建伦理纲常，强调得比以往任何时期都厉害。由于统治者的大力提倡和表彰，还有元朝时因异族入侵，往往有妇女群死殉节，这种前

---

① 见《朱子语类》，中华书局 1986 年版。
② 邓前成：《明代妇女的贞节问题》，《四川师范大学学报》，1989 年第 6 期。

朝风气的余波也仍有影响，因此明代社会各阶层的所谓烈女、节妇数量之多，超过了以往的任何一个朝代。据史料记载，明代受到过朝廷立牌坊挂匾额旌表的贞节女，人数为 27141 人；受过旌表的烈女，人数为 8688 人。①

　　而且这些还远远不是实际的数量，当时民间还有很多因为各种原因而殉节殉身的"节烈女"，因为她们的家庭没有能力去贿赂地方上负责向上面汇报的胥吏，就不能获得申报和申请旌表的机会。据明代的《施可斋丛杂记》里记载，当时的人们甚至"以家有烈女贞妇为荣，愚民遂有搭台死节之事。女有不愿，家人或诟骂辱之，甚至有鞭挞使从者"。风气所及，竟然能如此残酷地扭曲、撕裂了人们最根本的人伦天性，这是多么令人触目惊心，令人永远不忍闻听的事实！同时在实际生活中，封建贞节观念在相当程度上已经渗入了妇女的身心，被她们自动地接纳和遵守。据说尚书蹇义曾见到一个寡妇生活困苦，便问她为何不再嫁人，寡妇则回答说："饿死事极小，失节事极大"。可见封建礼教意识对人心的绑束，是何等地冷酷而深固。

　　而生活在贵宦世族和书香门第里的青年女子，她们普遍有着比较高的文化修养，但也同样面临着不可逾越的闺禁规训。如《牡丹亭》里提到的用来修德修身的《四书》和《昔氏贤文》，还有出自明成祖徐皇后之手的《内训》、理学的范本《闺范》等等，其中都制定了各种针对女子的清规戒律，不允许她们有个人的自主意愿和言语行动上的自由，也更不会让她们有与外部世界、青年男性自行接触的权力和机会。

　　同时，从另一方面来说，越是严苛酷烈的统治，说明了这个社会其内在的危机越严重。明代处于中国封建社会的后期，统治集团色厉

---

①　杜芳琴：《明代贞节的特点及其原因》，《山西师大学报》，1997 年第 10 期。

内荏的衰败命运，明中晚期社会资本主义生产关系的萌生，都促使了反对礼教、张扬人性的时代思潮的蓬勃兴起，其中，就包含了同情广大妇女疾苦的思想潮流。随着统治势力的逐步弱化和走向混乱，商品经济滋生的享乐主义之风，上层社会浮漾着奢侈迷乱的气息，崇尚自由的士大夫阶层也以放浪形骸、狂放自适为士林风尚。整个社会"人情以放荡为快，世风以奢靡相高，虽踰制犯禁，不知忌也"①。社会的价值观念开始转型，妇女挣脱封建禁锢的意识也在增强。特别是一些有良好文化水平、个人生活环境也比较优裕和宽松的女性，她们在诗文里表达出对自由爱情、自由择偶的向往；在现实生活里，有的也敢于走出门户，衣饰华丽，结伴而游。虽然能这样做的只是极少数妇女和少数的女性群体，有的是富绅的姬妾，或歌伶妓女，但这也从一个方面流露了社会风气的一些变化。明代社会这种特有的错综复杂的时态世情，实际上是时代开始新旧交替之际，人们对摆脱旧意识和人性樊篱，或清醒或懵懂的渴望、警醒、挣扎，或于迷惘潮水中追波逐流的种种特征表现。而汤显祖在他的《牡丹亭》里，直接将"情"作为人间世道的根本，并将"情"与"理"对立了起来，向宋明理学发起挑战。这从本质上说，就是对明代摒弃传统理学的个性解放思潮，在文学上的公开呼应，也是他个人的情志特性，在与时代变易相契合中极具独特性的卓越表达。

汤显祖在《牡丹亭》的题辞里说："第云理之所必无，安知情之所必有邪！"杜丽娘死而复活，从"理"上来看是不可能的，但他坚信其"情"至深处，一切皆会产生。他在作品里，就是要充分表现那"至情"中淋漓完备的人性和巨大的人性能量。在漫长的封建年代里，当社会最高准则、统摄一切的"天理"越是僵硬严密、越深入地控制人

---

① 张瀚《松窗梦语》卷七，中华书局 2007 年版。

们的生活，人们那久久压抑的生命情性，那对"真情"的渴盼，其生生不息、孕育滋长的动力与愿望，就会愈加地强烈。汤显祖便是以杜丽娘的"至情"生死，呼喊出了人们埋藏在心灵深处甚至是无意识深处的对真实情性、对人性的春天的向往，呼喊出了当时整个社会渴望摆脱人性枷锁的时代心声。

所以，在杜丽娘的缠绻梦境和歌声里，实在是带出了许多人心中有，但又在现实里无法表达或是苦于表达的心身感受；又给多少人那朦胧渴求的心底，带来了如同电光石火般的訇然撞击，使其眼前豁然展现出了一个生命的新境地。在这个意义上，杜丽娘的形象，又可以说是映现了每一个人，她折射了人们对自我存在的蓦然反顾，对青春生命的美丽期许，对心灵自由飞翔之境的无限追求和憧憬。

可以说，这就是汤显祖的《牡丹亭》为什么甫经面世，便引起了人们热切关注和浓厚兴趣的一个根本原因。

也可以说，这就是《牡丹亭》问世四百多年，其魅力永存，永远是人们心中那最美的人间情、最青春葱茏的人生梦的根由所在。

《牡丹亭》书面传播的影响，在后世曹雪芹的《红楼梦》第二十三回"西厢记妙词通戏语，牡丹亭艳曲警芳心"里，也出现了极为细腻深致的描写：

> 林黛玉素习不大喜欢看戏文，便不留心，只管往前走。偶然两句，只吹到耳内，明明白白，一字不落，唱道："原来姹紫嫣红开遍，似这般都付与断井颓垣。"林黛玉听了，倒也十分感慨缠绵，便止步侧耳细听。又听唱道："良辰美景奈何天，赏心乐事谁家院。"听了这两句，不觉点头自叹，心下自思道："原来戏上也有好文章，可惜世人只知看戏，未必能领略这其中的趣味。"想毕，又后悔不该胡想，耽误了听曲子。再侧耳听时，只听唱道："则为你如花美眷，似水流年。"林黛玉听了这两句，不觉心动神

027

痴情穿越
浪漫唯美
《牡丹亭》

WEN

HUA

ZHONG

GUO

摇。又听道"你在幽闺自怜"等句，益发如醉如痴，站立不住，便一蹲身坐在一块山子石上，细嚼"如花美眷，似水流年"八个字的滋味。

《牡丹亭》里的经典唱辞，如此化用在《红楼梦》里，映衬彰显黛玉敏感多情的形象，成就了又一段典雅精粹，令人读来口角余香、掩卷难忘的经典场景。

洪升的名著《长生殿》第一折《传概》中，起首一曲〔满江红〕，概述了全剧主旨："今古情场，问谁个真心到底？但果有精诚不散，终成连理。万里何愁南共北，两心那论生和死。"成就了一篇与汤显祖《牡丹亭题词》异曲同歌的"至情"宣言，所以当时便有人称《长生殿》是"一部热闹《牡丹亭》"，洪升亦欣然首肯。

2. 闺阁痴迷，才女销魂：三生传奇续现世传奇

与当时流行的一些传奇作品相比，包括早已名声大噪的《西厢记》在内，《牡丹亭》备受青年人的喜爱，特别是在闺中少女和已婚的少妇中，风情无限、沁人心脾的《牡丹亭》风靡闺阁，不知震动了多少人的心灵。大量的女性读者，流连沉溺于其中，不仅留下了才女点评的文本佳话，又有多少妙龄女子因感其情、沉迷其中而无法自拔，谱写了一支支因《牡丹亭》而感伤倾情的幽怨之曲。

冷雨幽窗不可听，挑灯闲看《牡丹亭》。

人间亦有痴于我，岂独伤心是小青。

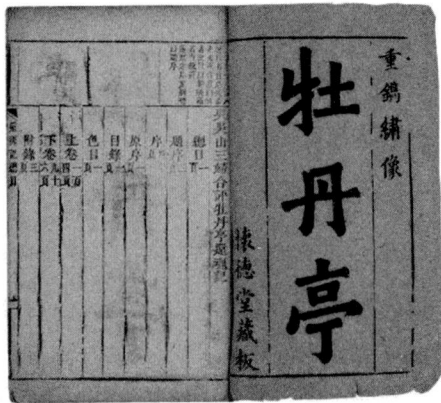

汤显祖画像

凄风冷雨中，一位满腹哀怨的女子凝思提笔，临窗写下了这样幽婉动人的诗句。冯小青这个名字，从此也和她与之发出深切共鸣的《牡丹亭》一起，留在了历史册页的深处。冯小青的事迹，见于《绿窗女史·青楼部》一书中由戋戋居士于明万历壬子年中秋所写的《小青传》。冯小青（1595～1612），扬州人，16岁嫁与杭州冯生为妾。因不为正妻所容，孤居于西湖孤山别墅，不久后便抑郁而死。在她留下的诗篇里，坦露了对《牡丹亭》故事在感情上的浸润吸引，写下了自身刻骨的生命体验。

另一个是娄江俞娘事。张大复（1554～1605）的《梅花草堂集》卷七《俞娘》中记述：

俞娘，丽人也。行三。幼婉慧，体弱，常不胜衣，迎风辄顿。十三疴苦左胁，弥连数月，小差，而神愈不支。媚婉之容，愈不可逼视。年十七夭。当俞娘之在床褥也，好观文史。父怜而授之，且读且疏，多父所未解。一日，授《还魂记》，凝睇良久，情色黯然。曰：书以达意，古来作者多不尽意而出。如"生不可死，死不可生，皆非情之至"，斯真达意之作矣。饱研丹砂，密圈旁注，往往自写所见，出人意表。如《感（惊）梦》一出注云："吾每喜睡，睡必有梦。梦则耳目未经涉，皆能及之。杜女故先我着鞭耶。"如斯俊语，络绎连篇。

"斯真达意之作矣"，病体羸弱的少女，对《牡丹亭》有着令旁人讶异的深切颖悟和感触，这只能归结于《牡丹亭》对命运不幸的女儿家，更易引发其"深得我心"的慨叹和心驰神往之情。媚婉逼人的俞娘17岁早亡，汤显祖闻知其人其事后，也甚为感伤，特为俞娘写下了《哭娄江女子二首》：

（一）

画烛摇金阁，真珠泣绣窗。

029

痴情穿越

浪漫唯美
《牡丹亭》

WEN

HUA

ZHONG

GUO

如何伤此曲，偏只在娄江？

（二）

何自为情死？悲伤必有神。

一时文字业，天下有心人。

这也是作者与读者心意相通，宛然互动而留下的一则文坛轶事了。

还有扬州女子金凤钿，时《牡丹亭》方出，"因读而成癖，至于日夕把卷，吟玩不辍。时女未嫁人，乃谓知心婢曰：'汤若士情多如许，必是天下奇，惜不知里居年貌，而为我物色之，我将留此身以待也'"。她因病身将临死，还叮嘱家人"须以《牡丹亭》曲殉葬，无违我志也"。① 当年像这样因痴迷《牡丹亭》而爱上了作者，连汤显祖长的什么样子、多大年龄和家居何方一概不知，不知其"里居年貌"就要嫁给他的，并不止这金凤钿一个。

据说当时有一位内江女子，这个少女一贯"自矜才色，不轻许人，读汤若士《牡丹亭》而悦之"。这个才貌双全、清高自傲的青年女子，只为读了汤显祖的《牡丹亭》，便爱上了他，认定了这个大才子一定是风貌翩然。她要去找到他，做他的妻子。"径造西湖访焉，愿奉箕帚"。但见到的汤显祖竟是一个白发蟠然之老翁，失望之下，女子竟然投湖而死。

还有杭州女伶商小玲，色艺双绝，名噪一时。因婚姻不能自主，郁郁成疾。每次在戏台上扮演杜丽娘，都"真若身其事者，缠绵凄婉，泪痕盈目。"有一次，她在演《牡丹亭》《寻梦》一出，当唱到"待打併香魂一片，阴雨梅天，守的个梅根相见"时，感情愈发投入，一瞬间热泪涌流，倒身仆地而死。

---

① 毛效同：《汤显祖研究资料汇编》，上海古籍出版社 1986 年版。

《牡丹亭》无可抵挡的艺术感染力，竟这般使得无数女性为之倾倒痴迷，不知有多少人为那剧中的杜丽娘、柳梦梅而神追魂随，不能自已。阅读《牡丹亭》，成了明清时期女性闺阁生活里的一个重要内容。"佳人箧笥中物。盖闺人必有石榴新样，即无一不用一书为夹袋者，剪样之余，即无不愿看《牡丹亭》者"①。闺阁里的女子们为了方便翻阅《牡丹亭》，日常作女红时，便把《牡丹亭》的刻本用作夹刺绣的花样，这样她们每日便可随时拿起来翻看，也十分方便在闺中好友和家族姻亲中互相传阅，分享心得。

像俞二娘、冯小青一样，许多女子看了《牡丹亭》后便赋诗题句，以抒情愫，或在书卷的空白处写上眉批、夹注和序跋等评点文字，在文字间去细细琢磨、体味自己的领悟和感触。晚明女子黄淑素，她在《牡丹记评》中写道："《西厢》生于情，《牡丹》死于情也。……柳梦梅、杜丽娘当梦会闺情之际，如隔万重山，且杜宝势焰如雷，安有一穷秀才在目？时势不得不死，死则聚，生则离矣。"时人赞她独特的见解悟出了汤显祖写作的幽奥："手眼别出，想路特异，更得玉茗微旨"②。这样一些记录了女性品鉴和妙赏《牡丹亭》心迹的片断文字，亦是美妙的心灵记录。它们就像夜空里的星星，星光点洒，愈隐还露，但其绝大多数也像古时女子的命运一样，在云翳下随风飘散，无法把握，无以存留。

现今流传下来的比较完整的《牡丹亭》女性评本，除了《才子牡丹亭》一书，写明有女性参与合著外，目前所能见到的，还有《吴吴山三妇合评牡丹亭还魂记》。这个评本的产生，前后历时 30 年，它本

① ［清］尤同：《艮斋杂说》卷五，毛效同《汤显祖资料汇编》，上海古籍出版社 1986 年版。

② ［明］卫泳：晚明百家小品《冰雪携》，中央书店 1935 年版。

痴情穿越

浪漫唯美
《牡丹亭》

WEN

HUA

ZHONG

GUO

身就又是一部关于女性的幽丽传奇。

吴吴山，姓吴，名人，又名仪一，字舒凫。清顺治十四年（1657）生，浙江钱塘人，因其居所名吴山草堂，故又字吴山。是当时著名的词人和诗文家。所谓的"吴吴山三妇"，指的是吴人早逝的未婚妻陈同，和他后来结婚的前后两个妻子谈则、钱宜。

在这部康熙原刊评本的序中，吴人一一介绍了陈同、谈则、钱宜三位女子的生平事略，和她们各自与《合评牡丹亭》的缘份：

> 吴人初聘黄山陈氏女同，将昏而没，感于梦寐，凡三夕，得唱和诗十八篇。人作《灵妃赋》，颇泄其事，梦遂绝。有邵媪也，同之乳娘也。来述同没时，……人私叩同状貌服饰，符所梦。媪又言：同病中，犹好观览书籍，终夜不寝。母忧其茶也，悉索箧书烧之，仅遗枕函一册。媪匿去，为小女儿夹花样本，今尚存也。人许一金相购，媪忻然携至，是同所评点《牡丹亭还魂记》上卷，密行细字，涂改略多，纸光囤囤，若有泪迹。评语亦痴亦黠，亦元亦禅，即其神解，可自为书，不必作者之意果然也。惜下卷不存，对之便生于邑。已，娶清溪谈氏女则，雅耽文墨，镜奁之侧，必安书簏。见同所评，爱玩不能释，人试令背诵，都不差一字。暇日，仿同意补评下卷，其杪芒微会，若出一手，弗辨谁同谁则。……则又没十年，人继娶古荡钱氏女宜，……得同则评本，怡然解会，如则见同本时，夜分灯驰，尝欹枕把读。一日忽忽不怿，请于人曰：'宜昔闻小青者，有〈牡丹亭评跋〉，后人不得见，见冷雨幽窗诗，凄其欲绝。今陈姊评已逸其半，谈阿姊续之，以夫子故捃其名久矣，苟不表而传之，夜台有知，得无秋水燕泥之感。宜愿卖金钏为锼版资。'意甚切也，人不能弗，因序其事。①

---

① 《吴吴山三妇合评牡丹亭》，上海古籍出版社 2008 年版。

原来，吴人早年聘的未婚妻陈同，字次令，黄山人，与吴人还没结婚即去世了。当时的未婚男女不能随便相见，所以吴人同她并没有见过面。但是在陈同临逝前，吴人却奇怪地连着三个夜晚在梦中与她相会，两人还互相唱和诗篇。陈同死后，吴人私下向她的奶娘打听陈同的音容状貌，竟果然与梦中人完全相同！可见，他们之间有着多么不寻常的情缘。陈同酷爱读书，为了看书甚至病中也"终夜不寐"，连夜耽读。她收集了当时市面上流传的各种版本的《牡丹亭》。曾写有七绝云：

　　　　昔时闲论《牡丹亭》，残梦今知未易醒。

　　　　自在一灵花月下，不须留影费丹青。

　　她的母亲担忧她的身体，把她身边的书都搜罗去烧掉了，只有藏在她枕下的一册没被发现。陈同临近婚期时病死，书便被奶娘藏了起来，用去夹了绣花用的花样。后来吴人听说了此书，就从奶娘那儿将书买了来，才发现这原来是陈同评点过的《牡丹亭》上卷。只见其写在剧文间的密行细字，上面还仿佛若有泪痕。文评间那女儿家的灵黠通慧，才学情思，令吴人连连赞叹为"神解"，但可惜陈同只评了上卷，徒留怅憾。

　　数年后，吴人娶了谈则为妻。谈则，字守中，清溪人。谈则也是一个雅好文墨的才女，曾著有诗集《南楼集》。谈则平常书不释手，身畔镜前桌台，都堆放着书册。她看到了陈同的《牡丹亭》评本后，欣喜不已，很快将其熟记于心，并能一字不差地背诵下来。于是她有意要接续陈同，继续评点《牡丹亭》的下卷。待谈则对《牡丹亭》下卷的评点完成以后，吴人观其文字，发现竟连笔致神韵的细微处，都与陈同如出一辙，如果外人看去，简直就难以分辨出哪些是陈同写的，哪些又是谈则所写。当谈则将《牡丹亭》完整的评本拿给亲戚传看时，她由于羞涩，便谎称说它是由吴人评点的，别人也就信以为真了。不

痴情穿越
浪漫唯美
《牡丹亭》

WEN

HUA

ZHONG

GUO

幸的是 3 年之后，谈则也因病身亡。

待到年轻稚纯的钱宜嫁给吴人做妻子时，已经是谈则离开人世十年之后了。钱宜，字在中，古荡人。她刚嫁给吴人的时候，只是粗浅懂得一些文字，吴人让她跟吴家的亲戚认真学习了几年后，聪明好学的钱宜已有了相当的学识根柢。她有一日开笈箱时，见到了陈同、谈则的《牡丹亭》评本，就像当年谈则初见陈同的本子时那样，如获至宝，如见知音，从此就一直在心中牵挂着此事。有一天，她神色黯然地对吴人说，实在不愿意这个评本就这样无声无息地压放在箱底，不但假托了吴人的名，还像冯小青的评跋那样"后人不得见"。她郑重地表示，愿意变卖了自己的首饰来刻印这个评本，使其得以流传，也以此告慰陈同和谈则的在天之灵，让她们了却遗憾。

征得吴人的同意后，钱宜便埋头开始了对陈、谈的评本进行整理和补充，"偶有质疑，间注数语"。直到康熙三十三年（1694），署名"陈同谈则钱宜合评"的《吴吴山三妇合评牡丹亭》刊刻本，终于正式完成，与世人相见。

据说，在这个合评本刻成后，钱宜还特地选了一个月辉清皓之夜，在庭院里摆放了桌案，上设杜丽娘的牌位，一旁有鲜花灯烛，恭恭敬敬地将此书册供在上方，列陈果酒为奠。吴人见了不禁失笑，说她也太痴了。但是就在这个深夜，入寝后的钱宜和吴人两个，竟分别做了一个相同的梦。梦中，他们同入了一个花园：只见那"亭前牡丹盛开，五色间错，无非异种。俄而一美人从亭后出，艳色炫人，花光尽为之夺"，杜丽娘竟翩然惊鸿般地进入了他们的梦境！听说了此事的人，无不啧啧称奇，亲友间更是口耳相传。为《牡丹亭》和这份评本本来就带有的传奇性，又增添了一抹奇炫的光泽。

钱宜还特地为此梦中的丽娘作画题诗，诗云：

暂遇天姿岂偶然？濡毫摩写当留仙。

从今解识春风面，肠断罗浮晓梦边。

　　且不说世间有没有鬼魂，那杜丽娘本身就是一个虚构的文学形象，又怎会以实在的人的样态进入了钱宜们的梦？若按现今科学的解释，只能说是因为钱宜她们对于杜丽娘的形象达到了一种极端酷爱的地步，以致日夜萦怀，精诚所至，因思而成梦，也即是人们常说的"日有所思，夜有所梦"了。又正如钱宜诗中说的：梦到了杜丽娘岂是偶然？自然是因为她长时间地沉入在《牡丹亭》书中，受其濡染、熏陶，并且深深地进入了这个角色。只是钱、吴两人同做一梦颇为奇特，这似乎也很难说得通。但是换个角度想一想，他们生活在同一个环境里，伉俪情深，又有着共同的情趣爱好，况且日间又一起谈论过杜丽娘之事，所以这种奇特的二人同梦，相信在无奇不有的大千世界里，也是会偶尔发生的吧。

　　《吴吴山三妇合评牡丹亭》，就这样集中了三个钟灵毓秀、才情横溢的女子的智慧和心血，合订本一经刻成，即在清代独享盛名。当时的名作家张潮说："吴山吴子以三妇合评《牡丹亭》见寄于予，予爱其三评无一不佳，直可与若士并传。"① 在今天的学者看来："此书细腻地分析了情、痴与梦、幻的关系，对剧本的艺术成就作了多方面的分析和评论。不仅佳思妙评处处可见，而且评论的语言灵慧优美，别具风韵。"②

　　而围绕这本《牡丹亭》合评集，三个女子曲折的身世经历，奇丽深情的梦境渲染，此外书中还有她们的亲族好友，另外五位女子如名戏剧家洪升的女儿洪之则，还有李淑、林以宁、冯娴、顾姒等人文

　　① ［清］张潮：《记同梦》，《虞初新志》卷十五。
　　② 周锡山：《〈牡丹亭〉和三妇评本中的梦异描写述评》，《浙江艺术职业学院学报》，2007 年 12 月。

035

痴情穿越

浪漫唯美
《牡丹亭》

WEN

HUA

ZHONG

GUO

采焕然的题跋等等，都使其散发出闪烁着女性意识色彩的、一种独特而浓郁的生活和文化气息。其整体，拥有了一种环绕《牡丹亭》而生成的、使人得以深窥古代女性生活的罕见文学水准和历史文化容量，是由于《牡丹亭》而产生的中国古代最委婉多姿的女性群体文化现象。

《吴吴山三妇合评牡丹亭》在清代大受欢迎，销路甚广。是《牡丹亭》成就了这部当时中国唯一的女性评论作品。这部才女们心血凝聚的点评之作，无疑也大大地推动了《牡丹亭》在清代以至后来的宣传和流播。

3. 万千弹唱、昆剧之母：烟波画船日日新

《牡丹亭》作为明传奇的扛鼎之作，问世后很快便被搬上了戏曲舞台。据后来记录和收集了大量元明戏曲曲谱的《吟香堂曲谱》里描述："汤临川作《牡丹亭》传奇，名擅一时。当其脱稿时，翌日而歌儿持板，又翌日旗亭已树赤帜矣。"也就是说汤显祖的《牡丹亭》刚刚写成，第二天他就指导一班少年伶人按着声腔板式排演起来，极快地，就在众人的期待翘盼中正式演出了。

明万历间刊《牡丹亭还魂记》绘图

于是玉茗华堂，夜月帘卷；红泉秘馆，檀板声声。杜丽娘顾盼生辉、缠绵尽情的舞姿，她那"花花草草由人恋，生生死死随人愿，便酸酸楚楚无人怨"的歌声，那瑰奇幽渺的梦境，千回百转的绮思灵心，无不紧紧地扣住了人们的心弦，散发了极大的舞台魅力。在短短

时间里，当时的各种职业戏班，一些公卿商贾富绅的家庭戏班，纷纷争相搬演《牡丹亭还魂记》。文人学士们会友聚宴，人们或遇升迁进学、贺寿婚嫁等喜庆事儿，也都要点唱《牡丹亭》。有一次，戏班在南昌的滕王阁演出《牡丹亭》，当即众人拥围，观者为堵，附近车马都不能通行，看戏的人们在笙箫盈盈的曲韵声中，"不解销魂不遣知"，直到夜阑更深戏散曲尽，才依依不舍地离去。

江苏松江一富绅顾明威，在他自己家里演《牡丹亭》时，为了让他中意的一少年名旦饰演杜丽娘，竟不惜用三百担白米，偿还了少年为演女角剃去的若干髭须。

曾任湖广提学的无锡人邹迪光，退休后居住在娄江的首辅王锡爵，都曾让家伶排演《牡丹亭》。邹光笛为此专门致信汤显祖，盛情邀请他前往无锡观看"我为公征歌命舞"。

据朱彝尊《静志居诗话》里记载，王锡爵则因为《牡丹亭》而感慨良多："吾老年人，近颇为此曲惆怅"。

不仅如此，江浙、安徽等不少地方里巷的妇孺老少，耳濡目染，平日里也都会随口吟唱上几句《牡丹亭》。"赏心悦事谁家院""则为你如花美眷，似水流年"悠扬的戏曲音调，随时会在人们身边响起。就这样，从汤显祖的家乡临川到南昌，到江浙地区，进而到北京等地，《牡丹亭》从一部文人的"案头剧"，成了众口传唱、风光无限的舞台名剧。

宋、元以来，中国的戏曲一直有南、北之分。北曲统称为杂剧，南戏或南曲，明代人又称之为"传奇"。元末时期，流行于江苏昆山一带的南曲，经过了乐人的整理和改进，被称之为"昆山腔"。稍后，昆山腔和起源于浙江的海盐腔、余姚腔，还有起源于江西的弋阳腔，被称为明代的四大声腔，同属于南戏的声腔系统。在明朝嘉靖年间，昆山腔的声律和唱法，又有了进一步的改革创新，发挥了昆山腔

WEN

HUA

ZHONG

GUO

自身流丽悠远的特点，又吸取了北曲结构严谨的特色，伴奏上着重用笛、箫、笙、琵琶等音色轻柔宛雅的乐器，形成了一种细腻幽雅、集合了南北曲优点的"水磨调"，即为昆腔。后来在清代，将此通称之为"昆曲"、昆剧。

多年来，《牡丹亭》已成为昆剧的经典代表剧目。而在当年，汤显祖写下这个传奇剧本，究竟是为了哪一种南戏声腔所作，却是人们一直争论未休的问题。有的说是"昆山腔"，有的说是"海盐腔"，也有的认为是由海盐腔传入江西后演变而成的"宜黄腔"，等等。实际上在南戏各声腔之间，也往往会有许多通用或近似的词调，因此同一个传奇文本，大体上是可以被用不同的戏曲声腔来演唱的。在音乐或戏曲的各种形式之间，从根本上来说，没有什么不可能被逾越的藩篱。因此，虽然现在无法断定汤显祖最初创作《牡丹亭》戏剧曲调时的初衷，但是根据当时各种地方戏竞技并存的繁盛状况来看，可以肯定的一点是，《牡丹亭》在戏曲制作和传播的最初过程中，是能够用多种声腔曲调去表演和演唱的。

同时存在的一个事实是，昆腔由于曲调清丽悠远，曲律比较规范，演唱时旋律优美，更富有感染力，而逐步在南戏中独踞鳌头。汤显祖生活的万历年间，昆腔，即昆曲已被公认为是最正统的戏曲腔调，"四方歌曲皆宗吴门"。汤显祖35岁起先后在南京、广东、浙江任职，在浙江5年后告了长假还乡，不久创作出《牡丹亭》。他才气横溢，又对艺术创作有着自己精辟独到的见解。所以他的《牡丹亭》，从各方面来看应该说是适宜于当时的昆曲声调、又不是完全遵循一些吴中雅士严格规范的昆腔曲律去创作的。在这种情况下，就形成了一种十分有趣的文坛景象：一方面，是《牡丹亭》吸引了人们的极大关注和兴趣投入。如上面所说的大量的戏曲舞台和堂会演出，由于汤显祖的原剧本全本是55出，稍显冗长，很少有戏班能连续几

个夜晚表演整个全本，再加上那个时代文人有改写剧本的风气，于是就有一些著名曲家文人，在汤氏底本的基础上进行删减修改。这样一来，就出现了不少更适合于舞台演出的《牡丹亭》节本戏、改本戏和折子戏等。另一方面，这其中也有一些人，一边称赞"《杜丽娘》剧，非不极美"，说汤显祖之作"为有明传奇之冠"，"词情妙千古"；一边同时指责他的创作不符合昆曲的音律要求，"虽其才情茂美，奈何与音律径庭何"，"未免拗折人嗓子"。①刻薄地说会因此而弯断折损了演员的嗓子。而汤显祖则坚持自己的看法，他说但凡是写作，要以作品的情感内容和意境神韵为主，他强调为"意趣神色"，说只要是这四者做到了，"或有丽词俊音可用"。如果必得时时处处去顾及着音调格律的限制，只恐怕窒息了天机和性灵，哪里还会有什么好文章呢？他起而维护自己最心爱的《牡丹亭》，不同意旁人对它的任意改动。面对指责，他坚信《牡丹亭》卓然独立、不容轻估的艺术价值，愤然回击道："不妨天下人拗折了嗓子！"

对于他人的修改演唱，汤显祖曾在给伶人罗章二的信中恼怒地说："《牡丹亭记》要依我原本，其吕家改的，切不可从；虽是增减一二字，以便演唱，却与我原作的意趣大不同了。"②这时期严苛主张昆曲音律要求的代表人物，是另一大名鼎鼎的戏曲家、同样改写过《牡丹亭》的江苏吴江人沈璟。这就是昆剧历史上有名的"沈汤之争"。

其实，后来也有学者在考察了明清文人对《牡丹亭》的按律订正后发现，全剧共四百三十余曲，经过人们修改订正的不过六分之

<hr />

① 王季烈《螾庐曲谈》，徐扶明编著《牡丹亭研究资料考释》，上海古籍出版社1987年版。
② 《与宜伶罗章二》，徐朔方笺校《汤显祖诗文集》，上海古籍出版社1982年版。

039

痴情穿越

浪漫唯美
《牡丹亭》

WEN

HUA

ZHONG

GUO

一，其他曲子则都符合昆腔的格律。① 这便说明了汤显祖并不是不考虑《牡丹亭》的音律问题，而是他纵横驰骋的识见才情，不愿意受僵硬框架的束缚。明清两代的著名文学家、文论家王思任、祁彪佳、胡介祉、吕天成等人所作的《曲品》、《曲论》等论著中，品评当年各位昆曲名家，都是把汤显祖放在了名曲家前列，盛赞他是昆曲创作的巨擘。

明代万历时期，昆曲的影响日益扩大，从太湖流域幅射至全国。不仅是文人雅士、达官显贵们喜好，也越来越受到正在壮大的市民阶层的欢迎。《牡丹亭》的问世，适时地为当时逐步流传扩大的昆曲舞台提供了最好的台本。在虚伪的程朱理学教条一天天被人们厌弃时，《牡丹亭》惊世骇俗的反叛精神、瑰丽奔放的浪漫主义艺术气息，"为情而死生"的神秘幽玄、悲喜纠缠而又雅俗共赏的大众娱乐性质，使人民大众深深地欣赏它，欢迎它。当时对《牡丹亭》尽管有多种的文人改本和删改本，但大致都是为了更方便于曲辞的演唱，为了合并或是减少某些戏剧场次而改动的。而且无论是怎样的删改，原作的主题思想、主要结构，作者的"俊语本色"，都没有本质的变动。

当时一些公卿名流、富裕人家蓄养的家乐班子，是演出昆曲《牡丹亭》的一股重要力量。据文献记载，以家乐班演出《牡丹亭》的，除了王锡爵和邹迪光外，还有徽州吴越石的家班、常熟钱岱的家班、吴中沈璟的家班、沈君张家班、吴昌时家班、清初的阮大铖家班、宋荦家班、王永宁家班、顾明威家班、冒襄家班等等。他们富有资产，有品鉴艺术的经济实力，有的自己就是著名曲家，并且往往养有名角艺伶。所以当时少数能够演出《牡丹亭》全本戏的，就在这些家乐之

---

① 叶长海：《汤显祖与海盐腔》，载《戏剧艺术》，1981 年第 2 期。

中。如朱隗的《鸳鸯主人出家姬演〈牡丹亭记〉歌》，就记述了明嘉兴时吴昌时家班女乐在南湖鸳鸯楼演出《牡丹亭》的情景：

> 鸳鸯湖头飒寒雨，竹户兰轩坐容与。主人不惯留俗宾，识曲知音有心许。徐徐邀入翠帘垂，扫地添香亦侍儿。默默憎憎灯欲炧，才看声影出参差。氍毹祇隔纱屏绿，茗炉相对人如玉。不须粉项与檀妆，谢却哀丝及豪竹。……态非作意方成艳，曲别无声始是情。幽明人鬼皆情宅，作记穷情醒情癖。当筵唤起老临川，玉茗堂中夜深魄。

鸳鸯主人即指吴昌时，浙江嘉兴人。他官任吏部时，大造甲第，他在嘉兴南湖的别业，是明代江南有名的私人园林。湖中的鸳鸯楼，即如今烟雨楼，他的家班经常在此演出。另外这些蓄有家班的人还着意挑选戏本，下本钱培养伶人，琢磨着提高演唱技艺，彼此间互相攀比交流等等。这些，都着实地促进了《牡丹亭》舞台技艺的不断长进及广泛传播。

随着昆曲演出市场的扩大，《牡丹亭》也是许多民间职业戏班必选的

《耽试》

剧目，他们舟行车载，穿州撞府，在城乡市镇上演出。旦末净丑，热闹非凡。老少民众围观神庙酬愿演出，锣鼓喧闹、笙笛悠扬，也是一大俗世图景，往往是"戏台在大殿后，所演多《西厢》、《牡丹亭》诸艳本。师徒相酬，动数十日"。

昆曲《牡丹亭》演出的本子和形式，多是改本戏和折子戏，还有串演和清唱。若是仅以笛或箫简单伴奏的清唱，又别显词曲的典雅

041

痴情穿越

浪漫唯美
《牡丹亭》

WEN

HUA

ZHONG

GUO

淡丽、气韵婉蜒悠长，令人恍然自失，回味不已。到了清代，全本戏的演出依然存在，每一回的全面整理、排演，都会无形中有了一种新生面，成为昆曲《牡丹亭》艺术价值的叠累增加。而同时《牡丹亭》的折子戏，也发展到了一个兴盛阶段。曲家和艺人们在长期的演出实践中，不断总结艺术经验，对于一些更受观众喜爱的戏剧段落或者叫"折子"，会更为精心地反复雕琢设计，使其表演做工上更加细致出彩，从而形成了折子戏的完美形式。当时民间经常演出的《牡丹亭》折子戏有：《惊梦》、《寻梦》、《学堂》、《游园》、《离魂》、《冥判》、《劝农》、《圆驾》等。而清代宫廷里演出《牡丹亭》折子戏的次数之多，令人始料不及。在清嘉庆、道光、咸丰、同治、光绪连续几朝，都经常性地演出。宫廷里的折子戏毕竟与民间略有些不同，其中的《仆侦》、《肃苑》、《耽试》几出，都是在民间的折子戏演出里从未出现过的，流露出了几分正统肃谨的皇廷气象。

《牡丹亭》作为昆曲艺术的重要典范，甚至在数百年间被称为"昆剧之母"，其中一个重要的根据，也是使其气象俨然的特征，还在于其演唱的历史上，不断地培育和涌现出了大量优秀的艺人，形成了独有的表演流派。这一点，在明清时代就已经有了突出、强烈的表现。如明人的诗文中，就有许多对演《牡丹亭》艺人的生动别致的赞美和精到的赏析与评价。如潘之恒在《鸾啸小品》中写道：

> 同社吴越石，家有歌儿，令演是记，能飘飘忽忽以凄怆于声调之外，一字无遗，无微不极。

> 又见丹阳太乙生家童子，演柳生者，宛有痴态，赏其为解。而最难得者，解杜丽娘之情人也。

> 蒋纫之，字江孺。有沈深之思，中含悲怨，不欲自陈，知音者得之度外，令人神魂飞越。荃子之，字昌孺。慷慨激烈，觉逸韵迫人，殊无儿女子态，能濯濯自振者矣。

清乾隆时，昆曲艺人里，有了金德辉所代表的"金派"，金德辉饰演的杜丽娘"冷淡处别饶一种哀艳"，"如春蚕欲死"；又有演柳梦梅的名小生董抡标所代表的"董派"，等等。艺人是戏曲艺术世代传承的主体。正是他们，使昆曲成就了《牡丹亭》，也让《牡丹亭》代表了昆曲的绵远流长，常演常新。

痴情穿越
浪漫唯美
《牡丹亭》

WEN

HUA

ZHONG

GUO

第二章

尊情崇俗：晚明士林社会与汤显祖

一、中晚明社会的反传统思潮

1. 弘扬主体意识的阳明"心学"

中国历史上，晚明社会是个思潮叠涌、人杰辈出的时代。在汤显祖提出"至情"论之时，先后有李贽（1527～1602）大张自然人性论的旗帜，提出了要抒发真性情的"童心说"，袁宏道（1568～1610）主张的"性灵说"，冯梦龙（1574～1646）的情感本体论等等，一时间"天理"退位，"唯情"登场，文学上强烈的尚真主情与哲学上的反理学禁锢求个性解放，使得古老中国到了这晚明之际，掀起了标志着近代民心觉醒的人文主义思潮。

这个思潮的先导，应当上溯到明朝中叶出现的一位思想巨人。

他就是《明史·儒林传》里所说的"显与朱子背驰，门徒遍天下，流传逾百年"的王阳明。

王阳明（1472～1529），名守仁，字伯安，号阳明，浙江绍兴府余姚县人，明代最著名的思想家、哲学家、文学家和军事家。王阳明精通儒、释、道，是宋明心学的集大成者，他一生还事功显赫，屡屡统军征战，官至南京兵部尚书、南京都察院左都御史。王阳明的思想，不仅仅在中国，在日本、朝鲜和东南亚乃至全球都有着深远的影响，是16世纪出现的一位堪与孔、孟比肩的超级大儒。

王阳明画像

王阳明生活的明朝中期，政治腐败，社会动荡，危象连连。面对已经僵化萎靡、无法维系社会人心的程朱理学，王阳明为了解决人们精神上的生存困境，实现自我生命的安顿，挽救时代危机，从当时一统天下的朱子学说中破茧而出，对孟子和南宋陆九渊的心学思想进行了改造，进一步发扬开创，建构了自己以"致良知"为核心的心学体系。

阳明心学的基本内容，首先强调以"心"为本体。他说："人者，天地万物之心也。心者，天地万物之主也。心即天，言心则天地万物皆举之矣。"① 这是他的逻辑起点。他说："心外无物，心外无义，心外无善。"② 也就是说，人为天地之心，体悟万物。他进一步解释说，人心即是人的灵明，人们应该这样想："我的灵明，便是天地鬼神的主宰。天，如果没有我的灵明，谁去仰它高？地，如果没有我的灵明，

---

① 王阳明：《答季明德》，《王阳明全集》卷六，上海古籍出版社1992年版。
② 王阳明：《与王纯甫二》，《王阳明全集·文录一》卷二，上海古籍出版社1992年版。

谁去俯它深？鬼神没有我的灵明，谁去辨它吉凶灾祥？天地鬼神万物离去我的灵明，便没有天地鬼神万物了。我的灵明离却天地鬼神万物，亦没有我的灵明了"。他由此推知，天地万物与人心之间，"便是一气流通的"。①

据说有一次，王阳明和友人一起游南镇。路上，友人指着山岩间的花树问道："你说天下没有心外之物，可是这些花树在山中自开自落，这和我的心又有什么关系呢？"王阳明回答说："当你没有看到这些花树时，花树与你的心一起处于沉寂之中，无所谓花，也无所谓心；现在你来看到了这些花，这些花的颜色形状才在你的心中一时明白起来，可见，这花并不在你的心外。"他说花儿被人看到了，人心感觉到了花儿，花儿对人来讲才有存在的意义。

因此他主张"心即理"，否定了朱熹将"心"与"理"分裂开来的理论，而认为"理需从自己心上体认，不假外求使得"②。"吾心之良知，即所谓天理也"，并进一步指出了求"理"不在于"格物"而在于"致知"，以"求理于吾心"，作为"致知"的途径。③

由此，阳明心学便进入它的核心精髓环节："致良知"。王阳明所说的良知，是人人都有的道德心，是人们心中的道德原则，也是判断是非的标准，做人的准则。正像他用通俗易懂的道理所说的："见到父亲自然知孝，见到兄长自然知悌，见到孺子入井自然知恻隐，此便是良知"④。致良知，就是人通过自身的道德修养，使其恢复到清明洁净的、天然健康的本心，去做合乎真正天理的、有良知的人。这样做的最高境界便是圣人，而良知本是人人都有的，所以阳明学说告诉人们：

① 王阳明：《习传录》下，《王阳明全集》卷一，上海古籍出版社，1992。
② 王阳明：《习传录》下。
③ 王阳明：《答顾东桥书》。
④ 王阳明：《习传录》上。

只要将自己内心的良知体认明白，即是具备了圣贤气象；愚夫愚妇与圣人在本质上没有什么区别。人人皆可为尧舜，普通人群里，每个人都有可能成为圣人。

同时，他还要求和指点自己的学生、弟子，致良知，既要不断反省自己的本性，意志坚定，不受外界干扰；又要博闻多见，不能空守心性，光停留在说教上，还要将致良知体现在日常生活的行为中，体现在处理社会与政治等方面的事物上，

《唐代传奇选》

"离了事物为学，却是著空"①。他认为人们的知和行，应该是一体的。而知和行的关系，就是道德意识和道德践履的关系。知是行之始，行是知之成；知必然要表现为行，不行不能算真知。也就是说，道德意识必然要表现为道德行为，如果没有行为本身，那就不能算是真知。王阳明认为：良知，没有不能践行的，凡是自觉的行，也就是真知。这就是他在理论上提出的知行合一说。他的这一思想，克服了朱熹提出的"知先后行"的弊端，深化了思想意识的自觉性与实践性的关系。

说到王阳明孜孜不倦地倡导人们要知行一体，有很多现实的事例和传说，其中就有这么一个例子：

王阳明在江西时，有一个管理刑狱的小官吏常来听他讲学，对他说：您讲的，我都很信服，只是我每日里案牍讼狱一类事情忙得很，哪儿有时间去"为学"呢？王阳明听了以后对他说，我何曾教你离开簿书讼狱去悬空地讲学呢，你既然有官司的事要判，那就在官司的事

047
痴情穿越
浪漫唯美
《牡丹亭》

WEN

HUA

ZHONG

GUO

① 王阳明：《习传录》下。

上为学，这才是真正地格物。又仔细地分析给这小吏听：比如你遇到了一件案讼要判，不可因为当事人叙事无条理，就起怒心；也不可因为他说话圆滑婉转，就生喜心；不可因他事先有嘱托，就有意地治罚他；也不可因为他请求过你，就屈意顺从他；不可因为自己事务繁忙，就随随便便、马马虎虎地去断案；更不可因旁人随意罗织罪名，加意诬陷，就按旁人的意思去处理案子，等等。这种种情况，都需要你克服和去掉私心，仔细认真地去处理。你这就是达到了"为学"的目的，知行并致了。

由此可见，阳明心学从本质上继承和发扬了儒学的入世传统。它更加重视和强调的，是人生活跃的灵明体验，也即是人的生命和心灵对世间万物、对社会事物的积极体悟和实践，并且在不断的实践体验中提升自身的良知良能，从而修万物一体之仁。

阳明心学在中晚明社会呼唤变革的历史潮流中应运而生，对于当时僵化颓衰的思想界，确实产生了振聋发聩的效果。在精神上久困倦途、厌旧喜新的士林中人，纷纷誉其"闻者豁然如披云见雾而睹青天也"[1]，"为暗室一炬"。明末著名思想家黄宗羲更是如此评价道："可谓震霆启寐，烈耀破谜，自孔孟以来，未有若此深切著明者也。"[2] 真个是海内耸动，趋者若鹜。可见其对晚明社会唤起人心、思想解放，有着多么重要的思想启蒙和时代先驱作用。

阳明心学属于主观唯心主义的学说，它否认了物质对于心（精神）的决定性作用。但是这并不能掩盖它的"良知之教"理论的璨然光芒。

阳明心学积极的社会意义，首先在于，它将人的主体意识、主观精神，提到了前所未有的高度。高扬人的主体精神，对人的主观能动

---

① ［明］焦竑：《澹园续集》，明刊本。
② 黄宗羲：《明儒学案·卷前》，中华书局 2008 年版。

性的充分肯定，这对于千百年来生活在封建纲常体系中的知识阶层来说，不亚于闭封的铁屋子被洞开了曙光之窗，体现了近代人本主义和人文主义的精神要素。

再者，王阳明提倡"学贵得之于心"（心外无理），不以孔子的是非为是非，而"以己心之是非为是非"。否定圣贤经典的绝对权威，敢于冲击所谓的圣贤经传。坚持自己认为是正确的东西，不为任何压力所改变，不以一时毁誉而动心。倡导独立思考和自我个性的张扬。

阳明心学还令繁琐的哲学变得简要畅晓，更接近世俗，把过去人们仰视而不可及的玄妙的"天理"，移植到了凡俗世人的心中。把中国传统文化中圣人的概念，去神化，打破了其神圣的不可逾越性。人人通过自我道德的修养与实践，都可达到人格完满、天人合一的崇高境界。推倡"满街都是圣人"、人人可做自我的圣人这样一个崭新的天地。这对唤醒人们的主体意识、确立自由平等的自主人格，乃至推动社会的改革思潮，无疑有着重要的理论启迪和先导性意义。阳明心学，不仅为晚明人文主义思潮提供了先机，还成为近代以来，许多进步思想家冲击封建专制制度的精神法宝，为一代代有志改革者追随和推崇。

2. "百姓日用即（为）道"的泰州学派

王阳明的思想传到了王学左派，即以王艮为首的泰州学派那里，这种人格独立、个性解放的思想就有了更进一步的发展。

王艮（1483～1541），字汝止，号心斋，江苏泰州安丰人。王艮出身在一个以熬盐为生的灶户家庭，父祖辈世代是熬盐的灶丁，"拮手裸体，劳筋苦骨"，生活在社会的最底层。王艮少年时因家贫辍学，先是随父兄淋盐，后往来于齐鲁之间，贩私盐为生。据说王艮25岁时，在

痴情穿越
浪漫唯美
《牡丹亭》

WEN

HUA

ZHONG

GUO

山东瞻拜了孔庙，还有颜子和曾参的庙，自己感慨道：夫子是人，我也是人，我为什么不能像他一样呢？从此，"愤然有任道之志"，开始日夜攻读《孝经》、《论语》、《大学》等儒家书籍。外出时他便把书放在袖管里，逢人就请教疑难。自己也敢于"信口谈解"，"不泥传注"。靠着刻苦自学，几年下来，王艮居然也开始收徒讲学，成为颇有名气的儒学家。

王艮 38 岁那年，听人说王阳明在江西讲授"良知之学"，身边聚集了很多学子门徒，名声很大。他便带了儿子王襞，千里迢迢，由泰州坐船去了南昌。王艮一向行事奇特。他穿了一身自认为是古代的衣冠，头戴方形的五冠帽，身着道袍，脚登一双麻鞋，双手执一笏板，进去见王阳明。王阳明见他穿得古怪，不动声色地请其上座，王艮便也昂然入座。随即王阳明问道："你戴的是什么帽子？"答道："有虞氏冠。"

又问："穿得是什么衣服呢？"

回答："老莱子服。"

"为什么要穿这样的衣服呢？"

"为了表示我对父母的孝心。"

再问："你的孝心能够贯通昼夜吗？"

回答："是的。"

王阳明说："若你穿着这身衣服便是孝，那么夜间脱了衣服就寝时就是不孝了，你的孝怎么能贯通昼夜呢？"

王艮忙说："我的孝是在心上，怎么会在衣服上呢？"

"既如此，那为什么要把衣服穿得这样古怪？我看你是为了出名吧。"

对话到此，王艮有些坐不住了。王阳明随即便转开了话题，开始与他论讲起"格物致知"来。王艮直听得心服口服，倒头便拜，自称

弟子："先生之学简易直截，是我所不如啊。"但是王艮的脾气非常耿直倔强，在治学上又是一向不重师教而重自得。当日他回到了住所后，又仔细地琢磨王阳明所讲的内容，与自己所掌握的反复地对应、推敲，觉着还是有不通之处。于是第二日他就去见王阳明，直言对拜师一事有些后悔了。谁知王阳明不但没生气，反而称赞他："难得你这样不轻信盲从啊。"于是两人又展开了一番学问辩难，这回王艮算是彻底地心悦诚服了，才又向王阳明郑重执弟子礼。王阳明也很高兴收了王艮这个弟子，他事后对门人们说："王艮才是学圣人的材料，他疑就是疑，信就是信，一丝不苟，你们都不如他啊！"王艮原名叫王银，还是王阳明把他的"银"字去掉了金字旁，从此改名叫王艮。

在追随王阳明的日子里，王艮始终坚持他自己的风格。嘉靖二年（1523），为了宣传王学，他决定要像孔子当年那样周游天下。他身穿那套古怪的仿古服，坐着自己设计的模样怪异的蒲轮车，上书"天下一个，万物一体"、"启发愚蒙"、"惟此行乎"等等字样，带了两个仆童，向京城进发。途经江苏、安徽、山东、河北几个省份，一路上沿途聚讲，乡村、集镇、市井，所到之处聚集者众。抵达京城时，更是引起了轰动，围观的人群堵塞了车马道路，几乎半个京城的人都跑去看他。《明史·王艮传》里这样介绍王艮讲学："往往驾师说之上，持论益高远。"但他的京城之行，实在是太过招摇，为此也引致了朝廷官员和士林的很多非议。回南方后，王阳明为了教育他慎独戒躁，接连三日闭门不见他，王艮只得在师门长跪谢过。

嘉靖七年（1529），王阳明去世，王学全国各地的门徒分成了一二十个学派。王艮于是独立门户，创立了日后声誉隆盛的泰州学派，也从此开启了一代平民儒风。王艮的学生里，既有不少官僚士大夫，但更多的是一些布衣平民，有农民、佣工、樵夫和陶匠、商人等等。他的著名弟子和门派传人，有王栋、王襞、颜钧、林春、赵贞吉、何心

051

痴情穿越
浪漫唯美
《牡丹亭》

WEN

HUA

ZHONG

GUO

隐、徐樾、罗汝芳、李挚、汤显祖、袁宏道等。

泰州学派虽属于阳明心学的体系，但他们又有了自己的独特见解和发展。特别是王艮倡导的"百姓日用即（为）道"，和"安身立本"的格物论，成为泰州学派的主要思想。

王艮说："圣人之道，无异于百姓日用，凡有异者，皆是异端。"又说："百姓日用条理处，即是圣人之条理处。圣人知，便不失；百姓不知，便会失"①。他在这里把孔孟之道与"百姓日用"等同起来，强调只有符合百姓的利益、合乎百姓日用的思想学说，才能算是真正的"圣人之道"。如果与此相悖，那就是异端邪说。什么是"天理"？他直截明了地指出："'天理'者，天然自有之理也"。②百姓日用即（为）道，和"愚夫愚妇与之能行便是'道'，与鸢飞鱼跃同一活泼泼地，则知性矣"③，便都属于天然自有之理。王艮的这一根本观点，体现了朴素的唯物主义世界观和认识论，反映了他思想的平民化与人民性。

王阳明强调的是"心"，王艮则强调"身"，提出了"安身立本"之说。他认为格物的目的就是为了安身。"格物，知本也；立本，安身也。"而"安身者，立天下之大本也。是故身也者，天地万物之本也"④ 王艮所说的"安身"，实际上就是指人们生活上的"安"，身安，能衣食无忧。贫苦出身的他，抓住了欲要天下太平和治理国家的关键。说是如果"人有困于贫而冻馁其身首，则亦失其本而非学也"，"知身为本，是以明明德而亲民也。故《易》曰：'身安而天下国家可保也。'不知安身便去干天下国家事，是之谓失本"。王艮将"安身"视为立天下之大本。他说的安身，就是指人们的生活安定。

---

① ② ③ ［明］王艮撰：《王心斋先生遗集》，明嘉靖刻本。

④ ［明］王艮：《王心斋先生全集》卷三，《语录》下。

如果人们吃不饱，穿不暖，丧失了生存、生活的条件，不能得以"安身"，那就是"失其本"，这时候什么国家天下，对人们而言都是虚空的。后来罗汝芳又进而提出了"立人"的观点，他说："夫所谓立身者，立天下之大本也。首柱天焉，足镇地焉，以立人极于宇宙之间。"这种要让人顶天立地、立人极于宇宙之间的思想，与三百多年后鲁迅提出的"首在立人，人立后而凡事举……尊个性而张精神"的思想观点，何其相近。说明了中国数百年间，人们一直在为了"立人"而奋起疾呼。

从以人为本、"安身立本"的观念出发，王艮强调维护人的尊严。他说："身与道原是一体，至尊者此道，至尊者此身。尊身不尊道，不谓之尊身；尊道不尊身，不谓之尊道。"① 王艮之所以说身与道都属于"至尊"无上的，是因为他十分重视和维护人的自然情性、人的自然本能。他和他的泰州学派同仁，都认为人的本体、人的心，本属于自然之物，而自然的就是快乐的。王艮在一首诗里，就专门写了"人生本是乐"。他的儿子王襞后来在解释这"人生本是乐"时说道："鸟啼花落，山峙川流，饥似渴饮，夏葛冬裘，至道无余蕴矣。"② 也就是说，人的心（欲）和大自然里的天然规律一样，花开花落，饮食冷暖。人性、人心同样也有着生理的自然需求，这些需求是正当的、合乎道理的。泰州学派正是根据这种人心本体自然说，去肯定人们物质欲望和生理欲望的合理性。何心隐认为人们对味、色、声、安逸等方面的欲望，是出于天性，说"性而味，性而色，性而声，性而安逸，性也"。③ 罗汝芳则说："天初生我，只是个赤子。赤子之心，

---

① ［明］王艮：《王心斋先生全集》卷三，《语录》下。
② 黄宗羲：《明儒学案》卷二十三《泰州学案》，中华书局 2008 年版。
③ 何心隐：《何心隐集》卷二，中华书局 1960 年版。

053

痴情穿越
浪漫唯美
《牡丹亭》

WEN

HUA

ZHONG

GUO

浑然天理。"① 倡导"童心说"的李贽更是直接主张"穿衣吃饭即是人伦物理","道"不在于禁欲，而在于满足人们的需要和追求物质的快乐，反对"以孔子之是非为是非"②。汤显祖则从"安身立本"引申出了"天地之性人为贵"之说。他指出："大人之学起于知生，知生则知自贵，又知天下之生皆当贵重也。"③"天地孰为贵？乾坤只此生。海波终日蔽，谁悉贵生情！"④ 他说的是普天之下，所有的生命都是珍贵的，对有关生命的一切，都应当给予尊重。人最可宝贵的生命只有一次，时光在永恒中不断流逝，人对由心而生的情感又怎么可以轻率忽略？

泰州学派产生了非常广泛的社会影响，尤其对明代中晚期的思想界形成了重要冲击。黄宗羲说："泰州之后，其人多能以赤手搏龙蛇，传至颜山农、何心隐一派，遂复非名教所能羁络矣。"⑤ 汤显祖和"公安三袁"的文学里张扬个性、以情胜理的美学特征，既有阳明心学的源头导引，更是承续了泰州学派标举"自然"、讲求真趣的思想传统。汤显祖深受他的老师罗汝芳的影响，在创作中以尚真为原则，他说"古人书，上云'长相思'，下云'加餐饭'，足矣"⑥，认为写作中只有将真情实感不假造作地表达出来，"极畅其意之所欲至"，才能使自己的文学创作"有传于世"⑦。

---

① 黄宗羲：《明儒学案》卷一。

② ［明］李贽：《焚书》卷一，岳麓书社 1990 年版。

③ ［明］汤显祖著，徐朔方笺校：《汤显祖诗文集》卷三十七《贵生书院说》，上海古籍出版社 1982 年版。

④ 《汤显祖诗文集》卷十一《徐闻留别贵生书院》。

⑤ 黄宗羲：《明儒学案》卷二十三《泰州学案》。

⑥ 《汤显祖诗文集》卷四十八《与刘君东》。

⑦ 《汤显祖诗文集》卷二十九《易象通序》。

3. 疏放自适，狂放超迈：狂士群体与狂士人格

明代中晚期，江南士林风气的一个鲜明特征，是狂士群体的涌现和狂士人格的风行。

嘉靖元年及次年，朝廷为了遏制王学日益扩大的影响，对王阳明进行了种种压制和毁谤，这激起了王阳明的强烈反抗。他对弟子表示，他从此要摆脱乡愿，以一个"狂者之心"，去坚持"依良知行，信真是非"。他说即使全天下的人，都指责我这个狂者志向高远而言行不一，我也不在乎。我要的只是透明本心，胸中洒落，超狂而入圣："一切纷嚣俗染举不足以累其心，真有凤凰翔于千仞之意"①！

"宁为狂狷，不为乡愿"的说法出自于《论语》。孔子在《论语》中，把道德高尚、做事很有分寸并恰到好处的人，称作"中行之士"，即是循着"中庸"之道而行的人。孔子认为世上这样的人其实很少，因为不容易找到"中行"之士，所以他宁可授道给"狂狷"之人。他说"狂者"是指那些有进取心而往往显得急迫的人，他们志向远大，有时不能将说过的话及时落实于行动，所以被别人看做是言行不一；而"狷者"是有所不为的人，虽然他们有时看上去迂腐拘泥，但却不会随波逐流。孔子明确说，自己最不喜欢的就是"乡愿"之人，这样的人没有自己的原则，一切都是为了取悦他人，从而保持别人对自己的好评，虽然其言行可能使一乡人称愿，实际上却可以说是"德之贼"。

在王阳明看来，昏暗复杂的社会现实，使自己做不成不偏不倚的"中庸"者，只有为狂者，才能破除和超越所有的羁绊，全心全意去实践古圣人的理想。"大丈夫落落掀天地，岂顾束缚如穷囚"，让世间的

055

痴情穿越
浪漫唯美
《牡丹亭》

WEN

HUA

ZHONG

GUO

---

① 陈荣捷：《王阳明传习录详注集评》，台北，学生书局 1983 年版。

那一切纷扰俗嚣见鬼去吧，富贵贫贱、谣啄纷纭都不足以困囿我心，这种感觉，真像是凤凰傲翔于千仞高峰之上啊，澄明理想之境就会展现在眼前！在现实生活里，他也多有狂放任情之举。在南京和滁州任时，他官职闲散，与弟子百余人，日日纵游于山水之间。他率众人或环坐于龙潭之畔，歌声响彻山谷；或酒至半酣时，击鼓泛舟，狂歌曼舞，仰天长啸，"如游于羲皇之世"。袁宗道曾记述道，王阳明想收任侠狂放的王龙谿为门徒，"阳明就令弟子们六博投壶，歌呼饮酒，派一弟子至酒家邀龙谿共赌。"并说"吾师门下日日如此"，王龙谿这才来求见王阳明，拜为师。①

王派学人认为，"狂"是对当时程朱理学的所谓"君子"人格的反叛，通过"狂"，也可以达到致道成圣的终极目标。"狂者之意，只是要做圣人，其行有不掩虽是受病处，然其心事光明超脱，不做些子盖藏回护"，②"圣人教人，只如狂者便从狂处成就他，狷者便从狷者成就他，人之才气如何同得"。③

中晚明社会，由于政治朽败黑暗，科举仕途的承载空间也十分狭窄，绝大多数的士人，都被排斥在仕途之外。在晚明时期，由于生产的发展，农作物的增收，促使全国人口增加，已从 14 世纪末的约 6500 万，发展到了 16 世纪的 1.5 亿。顾炎武指出当时的全国生员约 50 万人，而三年一次的进士录取人数只有二、三百人，即使以 30 年为期，能录取的进士也不过二、三千人而已。④ 不仅考进士是如此之难，举人的录取率也非常低。有研究者指出，明清科举，生员考中举人的录取

① ［明］袁宗道：《白苏斋类集》卷二十二，上海古籍出版社 1989 年版。
② ［明］王畿：《龙溪王先生全集·与梅纯甫问答》，齐鲁书社 1997 年版。
③ 王守仁：《王文成全书·习传录》"门人黄省曾录"第 257 条，上海古籍出版社 1993 年版。
④ 顾炎武：《生员论上》，《顾亭林诗文集》第一卷，中华书局 1983 年版。

率为百分之一，举人考中进士的比率为三十分之一，而生员考中进士的或然率则为三千分之一。① 科举之路如此的艰难，以致使大量士子耗尽了年华，依然困顿考场，尝尽了生存的压力与焦灼。

同时江南地区商业经济的发展，使传统的士商观念也发生了转变。像泰州学派的王艮、耿定向、何心隐等都曾做过商人，并且经营得颇为成功。政治上带来的压抑、不得志，和经济繁荣对士林风气的多种影响，再加上当时禅宗和道家思想蔓延士林，从而儒释道三教互相浸润渲染，在深厚的社会和哲学背景下，一时狂禅之风大行于世。

王阳明之后的泰州弟子，更是将颠覆权威、充分张扬自我的狂者精神发挥得淋漓尽致，"以名教为桎梏，以纪纲为赘疣，以放言恣论为神奇，以荡弃行检、扫灭是非廉耻为广大。"②

"宁为阔略不掩之狂士，毋宁为完全无毁之好人；宁为一世之嚣嚣，毋宁一世之翕翕。"③ 以王学这一豪言为其心声的代表，王门弟子，乃至整个士人阶层，都出现了许多狂放不羁的狂士。蔑视礼法常规、追求特立独行的狂士群体、狂者风度，成为这一时期比较普遍的社会文化现象。

狂士们在生活和日常社会交往里，适性疏放、任情而动。他们大多恃才傲物，不愿意与权贵和富豪结交，更不齿于趋炎附势、屈己下人的行为。如著名文学家和书画家徐渭"性纵诞，而所与处者颇引礼

057

痴情穿越
浪漫唯美
《牡丹亭》

WEN

HUA

ZHONG

GUO

---

① ［日］宫崎市定：《科举——中国的试验地狱》，《宫崎市定全集》岩波书局1993年版。

② 孙承泽：《春明梦余录》，四库全书第869册，上海古籍出版社1987年版。

③ 张元忭：《龙谿墓志引》。

法，心不乐"，其"深恶诸富贵人，自郡守丞以下求与见皆不得"。①"晚年愤益深，佯狂益甚，贤者至门，皆拒不纳，当道官志，求一字不可得。时攫钱至酒肆，呼下吏与饮。"②安徽歙县人程汉，虽然是个布衣寒士，但"生性间傲，目斜视，须髯奋张，见人辄自诵其诗。"③ 又有被时人赞其"才行高秀"的金大舆，处事淡泊，因为不事生产而致家境穷困，"南都贵人多访之，多避而不答，少与所游者，虽贵犹嫚下之"。④

晚明士人在极力摆脱传统礼教羁缚的同时，不再拘泥于传统意义上温良俭让、儒雅敦和的士大夫风范，向往的是魏晋七贤那种"越名教而任自然"的名士风流，而他们的文化人格多半是建立在传统文化、城市经济的物质基础和世俗化交融的背景上，很多人表现出了种种疏放自适、随性而为、鄙薄世态、享乐生活的狂诞习性。狂放落拓、标新立异，成为风气。赵郡人宋登春，自号"鹅池生"，《清平阁唱和序引》里记述的他戴顶僧人帽，一边大口地吃肉，一边读楞伽经，动辄嗜酒作狂，凡达官贵富，只有上门拜访他，才肯出来见。还有当时"吴中四才子"中的祝允明、唐寅，都是因仕途受挫而过着纵情诗酒的狂士生活。祝允明狎妓狂饮，还自扮优伶，粉墨登场，直令梨园弟子自叹不如。

唐寅被谪后绝意仕宦，在乡里筑造桃花坞，宾客满座，哗笑潭辩。他一生放浪行骸，流连于青楼楚馆，自谓是"笑舞狂歌三十年，花中行乐月中眠"。⑤ 又作《一世歌》：

> 人生七十古来少，前除幼年后除老；中间光景不多时，又有

---

① ② 徐渭《徐渭集》，陶望龄《徐渭集附录·徐文长传》；袁宏道《徐文长传》，中华书局 1999 年版。

③ ④ 钱谦益：《列朝诗集小传》，上海古籍出版社 1983 年版。

⑤ 唐寅：《唐伯虎全集·言怀二首》，中国书店，1985。

严霜与烦恼。……花前月下得高歌，急须满把金尊倒。

当过翰林院待诏的文征明，虽说是性情"温然"，亦以"一笑何妨老更狂"自许，"归田以后，四方求请者纷至，惟绝不与王府通"①。袁宏道则宣称人生有五种"真乐"，理想的生活是"目极世间之色，耳极世间之声，身极世间之安，口极世间之谭"。

狂士的行径和狂士性格的张扬，一方面反映了士人阶层对理想人格的自我实践，这其中最突出的，莫过于被称为"异端之尤"的李贽，堪为晚明反理学传统的第一人。他说，因见这世上的桎梏太深重了，实在是卑鄙可厌，所以我就越发地要进行全力的对抗，"益以肆其狂言"。他为此不惜弃官、弃家、弃发，呵佛骂祖，毁贤诅圣，"好为惊世骇俗之论，务反宋儒道学之说"②。他那桀骜不驯的人格和嬉笑怒骂的文风，把中国几千年来的所谓"仁义道德"批得体无完肤。

另一方面，狂士的一些怪诞颓废行为，实际上也是一种扭曲的"去道德化"的抵牾姿态，是出于对社会黑暗的绝望和对儒家所提倡的崇高精神和传统士大夫风度的躲避。此外，还反映了当时个性自由思潮与世俗享乐主义的某种合流。有不少士人认同和追逐奢靡享乐，以玩世不恭、任性怡情而自得。那些声色犬马、纵酒追欢的感官刺激，既是他们一种入世的态度，往往也是他们抒放情绪的渠道，其内心积累的愤懑、矛盾痛苦，从其中得到了一定的平衡和宣泄。

由于狂者一般都是富有才情之士，往往以怀才不遇的心态，去表示对现实的反抗，所谓"凤凰不与凡鸟争巢，麒麟不共凡马伏枥，大

① 钱谦益：《列朝诗集小传·文待诏征明》，上海古籍出版社 1983 年版。
② 沈瓒：《近事丛残》，北京广业书社，1928。

059
痴情穿越
浪漫唯美
《牡丹亭》

WEN

HUA

ZHONG

GUO

丈夫当独往独来，自舒其逸耳，岂可逐世啼笑，听人穿鼻络首"。①

又或者他们被人看做是由于道高才俊，恐怕会遭受迫害，所以自行隐晦，败毁自己，从而隐于廊庙山林，"使世不得羁也"。所以狂士们的清高狂荡之举，虽然有时不免为世人所侧目，但作为一种超凡的、摒绝一切桎梏束缚的人格特性，在士林社会也一直受到了欣赏和推重。有的文人还会以"癫狂"二字，去作为称赞文友"卓尔不凡"的代名词，说古人即有"不癫不狂，其名不张"之语，"夫癫狂二字，岂可轻易奉承人者？"而正是因为几乎已成为一种时尚，当时社会上的权贵富豪也纷纷争与狂士结交。"此等恃才傲物，跅弛不羁，宜足以去祸，乃声光所及，到处逢迎，不特达官贵人倾接恐后，诸王亦以得交为幸，若唯恐失之"②，可见狂士风气之盛，影响波及之广。这也反映了晚明时代纲纪松弛，人心躁动，士子阶层心态激荡奔流的这么一种社会氛围。

在这样的文化环境和社会气氛中，狂放自适，成了晚明士人的一大特征，汤显祖虽无"狂士"之称，但是自然也具有狂放之性。他说："一世不可与，余亦不可一世。"③ 以一种卓尔不群的矫厉气态，立足于晚明士林。他的这种独特的气质个性，在他的宦海仕途和创作生涯中，都得到了充分的释放和表现。

4. 回归自我，独抒性灵：晚明文学的世俗化倾向

晚明冲决理学的樊篱、张扬自我个性的人本主义思潮，必然在文学领域也同时激起了变革的浪涛。士人们与传统文学观念相颉颃，强

---

① 袁中道：《雪珂斋集》卷十八，上海古籍出版社 1989 年版。
② 赵翼：《廿二史札记》卷 34《明中叶才士傲诞之习》，中国书店，1987。
③ 汤显祖：《汤显祖诗文集》卷十五《艳异编序》。

调"性灵"、主张率真和诗化生活，由此而形成的文学气象，闪烁着晚明社会最亮丽的时代色泽。

独抒性灵，是晚明文学的一个基本特征。在中国文学观念里，自古即有"性灵"之说，如唐朝李延寿撰写的《南史》"文学传序"里说："自汉以来，辞人代有，大则宪章典诰，小则申舒性灵。"只是在传统的理念里，一直是将有益于道统、庙堂，文章教化，放在了文学的首位，舒放性灵，那则是属于细枝末节了。而且随着封建宗法制度的发展，文学抒发性灵的功能，越来越受到挤压。当晚明文人将生存的视野，从道德伦理、宗法纲常回归到对人自身的关注，要去肯定现实生活中人的生理、心理乃至整个生命的价值，强调人的个性意识、主体意识和自由意识，文学上的"重性灵"和"唯情说"，便有了崭新的张扬和炽燃之势。李贽讲童心即是真心，有了真心才有"真"的人，天下最好的文章，莫不是出于纯真之心。① 成为诗文界反拟古和讲究真情实感的理论先导。

袁宏道十分佩服李贽的学说，说是李贽的"《焚书》一部，愁可以破颜，病可以健脾，昏可以醒眠，甚得力"②。他起而响亮地提出了"独抒性灵，不拘格套"的文学观念，认为写作一定要"从自己胸臆流出"，"不效颦于汉魏，不学步于盛唐，任性而发，尚能通于人之喜怒哀乐嗜好情欲"③。他这里所说的"性灵"，就是指人的真性情，真感情。只有任性而发，不盲目追随模拟古人，才能通达于人的七情六欲，呈现那活色生香的现实人生。

汤显祖提倡文学的"唯情"、"至情"，同时他在为张大复的《嘘

痴情穿越

浪漫唯美
《牡丹亭》

WEN

HUA

ZHONG

GUO

---

① 见《李贽文集》，《焚书·童心说》，北京燕山出版社1998年版。
② 《袁宏道集笺校》卷五，上海古籍出版社1981年版。
③ 《袁宏道集笺校·叙小修诗》卷四。

云轩文字》写的序言里说:"文之大小类是,独有灵性者自为龙耳。"①同时期还有冯梦龙、屠隆、王思任等人,都发出了"诗取适性灵而止"、"情真不可废"的呼声。后来,美学家叶朗对此总结说:"所谓'性灵',是指一个人的真实的情感欲望(喜怒哀乐嗜好情欲)。这种情感欲望,是每个人自己独有的,是每个人的本色。就这一点说,袁氏兄弟所说的'性灵',与李贽说的'童心',汤显祖说的'灵性',涵义是相通的。"②

通过独抒性灵,生动地体现了晚明社会与文化变迁的,要首推散文小品。这是一个小品文的黄金时代。在这一方天地里,文人们卸下了"经世致用"、"文以载道"的重负,去做自由的真人,做识得生活趣味的人。他们以悠然自得的笔调,从"小、近、新、闲、真、趣"等等审美的角度,多用随意漫话和絮语式的文体,或其他"率尔无意却寄有神情"和风韵的文字,去品赏人生种种况味。细小、近切、自然、闲适,以性灵为宗,富有真趣。不写高文大册,不言老生常谈,不写假语空言,也不一本正经地去谈道理。甚至这简约短小的小品文,也不要刻意地去做,率尔无意、疏放情性就好。

汤显祖就样说自己:对那种"长行文字"式的文章,他不能写也实在不愿意去写,只是喜欢"时为小文,用以自嬉",也"辄不自惜,多随散去"。他所说的"小文",就是我们惯常所说的包括游赏、记述、形状、传铭、题跋、序言、尺牍等等在内的几乎无所不包的小品文。大量的晚明小品,最显著的特点,是在内容题材和情感表达上,趋向了日常生活化和个人化。作者们喜欢以小品反映自己的生活状貌和趣味,也津津有味地绘写欣赏世间百态,处处渗透着他们特有的生活情

① 徐朔方笺校,汤显祖:《汤显祖诗文集》。
② 叶朗:《中国美学史大纲》,上海人民出版社 1985 年版。

调和审美取向。

李贽认为人们的世俗生活里，有许多实在的、可亲近的东西，一般市井小民以自己的力量谋生计，他们干什么事就说什么话，最有令人可喜的真味。

> 市井小民，身履是事，口便说是事。作生意者，但说生产；力田作者，但说力田；凿凿有味，真有德之言，令人听之忘厌倦矣。①

李贽的话，充分表现了当时文人的民本思想及其平民意识、世俗意识的大大增强。李贽之文，多表达了他叛逆锋利的思想。袁中郎的山水小品，则情韵丰沛，比喻切近而清新奇逸，且看他《初至西湖记》里的一小段抒写：

> 山色如娥，花光如颊，温风如酒，波纹如绫，才一举头，已不觉目酣神醉，此时欲下一语而不得，大约如东阿王梦中初遇洛神时也。

张岱（1597～1679）是写小品文的全才。时人说他的文笔有如鬼斧神工，凡名家所有的长处，在他则是"无所不有"，有郦道元的博奥，有刘同人的生辣，有袁中郎的清丽，也有王季重的诙谐等等。而张岱最出众的，是极善于将生活里的平凡俗事、琐事，提炼升华，使其笔端凝情，摇曳生辉。如他的《琅环文集》里有这样一段诙谐挟真的文字：

> 功名耶落空，富贵耶如梦，忠臣耶怕病，锄头邪怕重，著书二十年耶仅堪履瓿，之人耶有用没用？

张岱的笔力功夫，确实做到了"微入毫发"。他的《虎丘中秋夜》，如此写虎丘游人夜半听唱时的情形：

---

① 李贽：《李氏文集》卷十八《月灯道古录》上。

063

痴情穿越

浪漫唯美
《牡丹亭》

WEN

HUA

ZHONG

GUO

三鼓，月孤气肃，不杂蚊虻。一夫登场，高坐石上，不箫不拍，声出如纺，裂石穿云，串度抑扬，一字一刻，听者寻入针芥，心血为枯，不敢击节，惟有点头。

这段传神入化的描写，真好像将当时场景的空气都写了出来，让人惟觉其真，又觉着一个"真"字，又不足以讲清楚它的好。真真觉着对此等文字，也只能是"观者，寻入针芥，心血为枯，不敢叫好，惟有点头"。

张岱写俗事却不落俗套，或闲中着色，翻出新意，从"真"中出"奇"；或率真直露，讽世刺今，讲究一种"奇快"之感，是晚明文学世俗化的创新之点。像张岱的《西湖七月半》、《金山夜戏》、《朱文懿家桂》，沈周的《记雪夜之观》，冯梦龙的《笑林广记·序》，王思任的《让马瑶草》等等，大批的小品文字，表现出了生活情趣与艺术、与诗情的互为渗透，烘托出了晚明文人特有的精神特色和文化品格。除了袁氏三兄弟和上面提到的文人外，汤显祖、徐长文、陆树声、屠隆、虞长孺、曹能始、黄贞夫、张侗初、梅鼎祚、江盈科、刘侗、祁彪佳、李日华、钟敬伯、徐霞客等人，都是晚明小品的名家。

晚明小品是那个时代文人心态真实而生动的写照。后来刘大杰在他编的《明人小品集》序言里，这样概括道：

他们这一派的人，都是天才的作家，有丰富的感情，有清丽的文笔，有活动自由的灵魂，受不住当时李梦阳、王世贞辈的复古运动的压迫，要在当时死气沉沉的文坛，别开一条生路。于是他们大胆地要写什么便写什么，想怎么写便怎么写了。在他们的文章里，有嬉笑，有怒骂，有幽默，有感慨。所谓文章的规律，所谓文学的道德，他们都一脚踢翻了，前人觉得有聊的，他们觉得无聊，前人觉得值不得歌咏描写的，他们觉得值得歌咏描写了。前人都是做那些忠君爱国的大文章，他们专喜做那些游山玩水看

花钓鱼探梅品茗的小品文了。在他们的文章里，确实活现了作者的个性，作者的风情，作者的气量。文章也显得简练可爱，平淡有味了。①

小品文体现了明代人们生命意识的重大变化。文人们从要求身心的解放，具体到文学、文化上的变革和开放——一场从道学和圣人回到了俗世凡间的心灵盛宴，一次冲决封建文化大堤的精神实践历程，晚明小品是足以充当这段历史的佐证的。

晚明小品深远的影响，直到了 20 世纪二、三十年代，在五四时期周作人等人的思想及其美文创作中，在梁实秋等带有幽默诙谐色调的小品文中，仍然有着鲜明的显现。

明代的白话小说和戏曲，是对明代世俗化社会的形象描绘。如由冯梦龙和凌濛初编印的话本小说《三言》、《二拍》，流布极广，大受社会各阶层的欢迎。其中的作品，虽然在今天看来良莠不齐，精华与糟粕并存，但是它们表现了新兴的市民阶层的生活、心理和情趣，有着浓厚的生活气息和人间情味。像《杜十娘怒沉百宝箱》、《卖油郎独占花魁》等，曲折地反映了当时人们的利益和他们要求权益平等的愿望。数百年来，这些小说故事一直散发着迷人的馨香，对人们有着强烈的吸引力。

晚明也是戏曲的繁盛时期。正如吕天成在《曲品》中所说的："博观传奇，近时为盛。大江左右，骚雅沸腾；吴、浙之间，风流掩映。"晚明社会的新思潮，同样深刻地影响到了戏剧的创作和戏曲演出。当时的戏曲多属于传奇形式，杂剧已经处于式微的末期，很少再有出演的情况。此时一些优秀作品的题材和内容，多数是描写了青年男女之间的爱情，种种曲折离奇的婚恋故事。这既因为爱情题材比较适合于

---

① 刘大杰编：《明人小品集》，卷四《序言》，上海北新书局 1934 年版。

痴情穿越
浪漫唯美
《牡丹亭》

WEN

HUA

ZHONG

GUO

表现悲欢离合的戏剧情节和舞台效果；也因为这类题材，往往比较集中地代表了人们追求个人幸福的愿望，更加迎合了晚明市民社会的大众娱乐需求。表现人们对自由爱情的热切向往，正视人们的情爱要求，肯定情欲的合理性，成为这些剧作中的突出特点。追求人性解放、主"情"反"理"，亦是其最突出的精神特征。在这个时期，最有影响的剧作家便是汤显祖。他的《牡丹亭》问世以后，其对社会陈规的巨大冲击力，引起了极广泛的反响。其他剧作家的创作，如高濂的《玉簪记》、吴炳的《西园记》等等，也表现了相一致的倾向。汤显祖的戏曲创作观点和方法，引致了中国戏曲史上著名的"汤沈（璟）"之争，使当时的许多剧作家受到了他们的影响。从而在戏曲界，有了以沈璟为首的"吴江派"，和以汤显祖为首的"玉茗堂派"或又称"临川派"。

二、惊世奇才汤显祖

1. 蔑视权贵的青年举子

明世宗嘉靖二十九年的秋天，即公元 1550 年的 9 月 24 日，汤显祖出生在江西临川文昌里的汤家山祖居。

在当地，汤家是颇为富有的书香世家。据记载，他的高祖汤峻明，曾因为慷慨捐谷救灾，受到过朝廷的褒扬。从高祖到他的父亲高尚贤，四代都是秀才，祖父汤懋昭曾多次参加秋试，但没有中榜。家中有着四万多卷藏书，几代人读书，却没有人中举，登科及第，这显然是汤家的一大憾事。待汤显祖出生时，他的祖父尚健在。全家人将进入仕途官阶的希望，寄托在了这个长孙的身上。

汤显祖 5 岁时，便能流利地与长辈联对句，甚至可以一连气地连

对几个对子。他 10 岁学古文词，12 岁在伯父汤尚质的影响下，开始作诗。14 岁时补入县学诸生。诸生也就是秀才，是科举制的最低一级学衔。当时的江西提学史何镗，有一次来临川主持县学的考试，听人说这儿有个汤显祖是神童，便要当面亲试其才。何镗指着面前的书案为题，少年汤显祖略一默思，朗然仰头答道："形而上者谓之道，形而下者为之器。"何镗惊喜地夸奖道："这个童生，将来一定会以文章闻名天下的！"

汤家对于汤显祖少年时期的教育非常重视，竭力地给他寻访最好的老师，让他向当地十分有学问和品行名望的人拜学。汤显祖的第一个老师叫徐良博（1506～1565），字子弼，号少初。邻县东乡人。徐良博是理学名臣徐记之子，嘉靖十七年进士，曾任朝廷的吏科给事中。因为得罪了当时的首相夏言而被革职，返乡为民。他在晚年收汤显祖为弟子，让他接触到了圣贤经传以外的一些经典粹宝，如《左传》、《史记》、《文选》和唐宋八大家的文章等等。

汤显祖的另一个老师，便是泰州学派的巨匠罗汝芳。罗汝芳（1515～1588），字惟德，号近溪，江西南城泗石溪人。他当时任刑部郎中，在告假回籍省亲时，受汤家邀请，在抚州城内的唐公庙处的家塾为家乡弟子讲课。那一年汤显祖 13 岁。

同年，罗汝芳出任宁国（今安徽宣城）知府。两年后，罗汝芳因父丧回南城守制。不久，他在南城近郊风景秀美的从姑山上，建立了前峰书屋，讲学授课。汤显祖和来自宣城的另一个青年学子沈懋学，都是他的得意弟子。

当时的科举制度是，士子进学以后，有资格参加每三年一次举行的乡试。乡试如果考中了，便获得了举人的学衔。举人如果再通过了中央政府朝廷举行的科举考试，包括殿试，便是达到了科举考试的最高等级，成为进士。一般说成了举人之后，就具备当个小官员的资格

067

痴情穿越
浪漫唯美
《牡丹亭》

WEN

HUA

ZHONG

GUO

了。然而古代读书人的最高理想，自然还是得考中进士，所谓仕人的登科及第，就是指的登进士第，像《儒林外史》第十七回里说的："读书毕竟中进士是个了局。"在明代，科举考试的规则已经发展得比较严密了，但由于竞争非常激烈，还是不能避免一些有权势者勾连运作的作弊行为。

汤显祖在20岁那年结婚，新娘吴氏。

1571年，21岁的汤显祖参加了江西的乡试，考中了第八名举人。此时的汤显祖春风得意，正如他后来回忆这次中举的诗里描绘的心情："童子诸生中，俊气万人一。弱冠精华开，上路风云出。"他的家人、乡亲和地方官员，当然都以他为荣耀。他与诸多学友、同年举子和地方各级官员们的交游往来、酬酢周旋日益增多。他也乐意适时地展示自己的才华，包括给同乡前辈兵部尚书谭纶和益王朱厚炫上呈诗篇。只是，他期待着的"慷慨趋王术"的进士考试，却不再那么顺利。22岁起，汤显祖接连参加了两次进士科举，都没有成功。不过科举落第，这也是文人仕途进取时常有的情形，再者汤显祖毕竟年轻，所以他对自己最初的失利也并不太以为意。万历三年，汤显祖的第一本诗集《红泉逸草》出版，里面收集了他从12岁到25岁写作的70多首诗篇。他的才名，渐渐传到了南京、北京甚至宫廷。

汤显祖没有料到的是，就在他踌躇满志地准备再度进京，参加他的第三次应试之际，一场暗地里的计划，在他毫无知觉中向他掩来，也预示了他人生的再次挫折。万历四年的春天，汤显祖进京途中应友人邀约到安徽宣城做客游玩。这儿的太平府同知龙宗武，是与他同年的举人，宣城知县姜奇方，也是他往年在京时结识的朋友，这里还是他的同窗好友沈懋学的家乡，新朋旧友，大家聚在一起交谈游览，玩得十分尽兴。就在这里，姜奇方代表当时担任朝廷首辅宰相的张居正（1525～1528），邀请汤显祖和沈懋学进京后到相府一见。不料汤显祖

婉言谢绝了邀请，后来只有沈懋学一人赴约。结果次年春天的科举考试发榜，沈懋学为进士第一名，是状元郎；张居正的次子张嗣修是第二名，为榜眼，汤显祖则再一次名落孙山。

原来张居正为了罗致新进名士，也意在使自己的儿子在科考中名列前位，所以暗中挑选了汤显祖和沈懋学，想让这两个青年才俊在考试时作他儿子的陪衬，以使他的儿子在科举高中时不那么显眼触目，招惹社会上的议论。但却没有料到汤显祖并不领情，这样最终倒霉的当然是汤显祖了。

万历八年，汤显祖第四次进京参加春试。这一次，首相张居正的第三个儿子张懋修，自己到旅舍里去看望汤显祖，据说汤显祖也曾去回访他，但是未能遇见。据邹光迪的《汤显祖传》里说，这回从中参与斡旋科考之事的，是张居正的同乡和亲信，时任都察院左副都御史的王篆，并许诺汤显祖将与张懋修一起进士及第。而汤显祖则明确地回复了他："吾不敢从，处女子失身也！"[1] 这次春试的结局也可想而知，张懋修中了状元，汤显祖依旧是落第而归。

张居正是明代后期非常有成就的政治家和改革家。明王朝经过二百多年的风风雨雨，到了嘉靖年间，已是危机丛生，硝烟屡起。在严嵩为相国的14年中，更是严嵩父子贪赃枉法、残害忠良，祸国殃民、千夫所指的时代。隆庆六年，万历皇帝登基，张居正为首辅，他前后当国10年，在政治、经济和军事上都采取了一系列有利于国民的措施。比如在内政上，他实行了丈量土地、压制豪强和改变赋税制度、推行"一条鞭法"等多项改革，既比以前合理地摊派了人民负担，减少了官府的额外索取，又增加了国库的收入；在军事上，他加强北部的边防，顺势而为，招安了长期侵扰中国领土的蒙古族掩答部落，又

---

[1] 《汤显祖诗文集》附录，邹迪光：《临川汤先生传》。

任用凌云翼、殷正茂等将领，平定了南方的少数民族叛乱，使整个国家内患外侮的状况，在一定时期内得到了明显的扭转和改善。

只是张居正一时权力极盛，这也滋长了他的专制主义作风。他在朝政上说一不二，如果有人胆敢与他意见相左或者是他看不顺眼的朝臣，动辄便会受到罢官、降职，甚至遭受廷杖的严苛处分。就拿汤显祖的老师罗汝芳一事来说，万历五年时，罗汝芳担任右参政。有一次他因公事进京，应邀抽暇在城外的广慧寺讲学，一时朝中也有许多人前去听讲。就因为这件事，引起了张居正的不满，上疏奏劾他"事毕不行，潜往京师，摇撼朝廷，夹乱名实"。罗汝芳因此被罢了官，归返故里。

汤显祖对于张居正的治国政策并没有什么反对意见，很可能是这位权相的霸气独断，和他独擅朝政、不可一世的专制作风招致了汤显祖的反感。当时血气方刚、学问超群的汤显祖，自有一副秉承王学左派而来的清风傲骨，矫厉之气。本来他就厌恶以权谋私，和拉帮结派的党群之事，而且此时的汤显祖，还没有真正地去做官、踏入政界，尚且对于琼宫折桂、日后在国事上大展宏图，充满了抱负和憧憬，他岂可因为不那么正大光明的一时所谓"机遇"，去仰人鼻息，在权贵面前摧眉折腰，坏了自身清誉？

也正是因为汤显祖坚持堂堂正正地做人，当万历十年，张居正去世后被追夺官阶、抄没了家产，子孙也都受到牵连，在昔日对张逢迎拍马的许多人开始翻脸清算其罪状时，汤显祖却敢于直率地肯定张居正治理国家的功绩，并且不避嫌地保持着与张氏后代的友谊。后来被贬官在广东的汤显祖，还关心张居正被流放的儿子。他也曾写信给张的另一个儿子，在信中问到，近来有没有为先相国扫墓。言辞由衷，自是一副关切情肠。

2. 蹉跎跌宕的宦海仕途

在张居正死后的第二年，即明万历十一年，汤显祖第五次入京参加了礼部会试，中第六十五名，殿试时以第三甲第二百一十名，得赐同进士。

汤显祖因为是三甲进士，循例不能进入翰林院。但是按照当时的规定，在二三甲的新科进士中，还要选拔出若干名来作"庶吉士"，如果当上了庶吉士，就可以和排名前三位的进士共同进出翰林院，说白了，这庶吉士也是高级官员的一种后备人选。汤显祖考试的名次虽然不怎么靠前，但他的学问名声可是人人皆知。当时接替张居正任首相的是张四维，次相是申时行，他们的儿子都是汤显祖的同年进士。这两位权相又都自感在这次考试中有恩于汤显祖，此时也都想拉拢汤显祖，想让自己的儿子与汤显祖结交，以期共同受到朝野的重视，可依旧被汤显祖委婉而没有余地地拒绝了。汤显祖的这种态度，自然引起了许多人的恼火。据汤显祖在《酬心赋序》里自述，当时他的房考官沈自邠，在一次宴会上当面对汤说："以你这样的高才，为什么迟到现在才考取进士，很可以想一想。一个人不要上进，就当恬退。看你的样子若进若退的，究竟安的是什么心呢？"①

其实这考官说的一点儿没错。当权者笼络周围的新进人才，原是政坛常有的现象。说得不好听是有所私谋，但一般而言也就是看你尚有发展前途，接纳你进入自己的圈子，有些结派扩展势力的意思，彼此两方面都不会吃亏。这对于一些善于攀附权势以图升迁之人，当然是求之不得的好机会。而汤显祖既然此前这么多年一直在为仕途进取、科举及第而汲汲努力，分明是热衷于做官的，却每当功名之事临到眼

---

① 徐朔方著：《汤显祖评传》。

前，只要稍微圆转一点，就能皆大欢喜，却要再三地拒绝当权政要的美意，对人对己都无半点好处，他就非得这么别扭吗？

汤显祖这种在别人看来对官场若即若离的态度，其中存在着这样几重因素。

其一，是前面曾经说过的，汤显祖本身的狂狷气质，使他不可能轻易地去事从权贵，甚至单单是权贵这个名头本身，如果你主动地找上门来，恐怕也会引起他清高的警觉和疏离。而他本人才高八斗，当代八股文名家的声誉，是既令他得意、又是在他内深处不能真正与其性灵相契合的东西。他是自诩甚高的名士，他的心灵又像敛翅待飞的大鹏，所以他不仅本能地珍视自己的名节，还下意识地爱惜着自己心灵的羽翼。

其二，是他秉承儒教文人入世传统的功名心和任性超然的佛禅之心，往往在现实层面形成了一对矛盾。宋代以后，中国儒学引进佛老，文人喜好谈禅论佛，已成为时代性的一个精神走向。而这对汤显祖来说，又有着他个人的因素：自幼他的祖父母便崇佛信道，有来自家庭的耳熏目染；后来他所承传的泰州学派一脉，更和禅宗哲学有着深厚的渊源，他的老师罗汝芳、他所钦佩的李贽，都有着精深的禅学思想，对他显然都有着深刻的影响。汤显祖27岁时到南京国子监游学，就曾住报恩寺阅读佛经。他30岁那年又在清凉寺登坛讲佛法。且不说他后来终于从高僧达观禅师受记的一段因缘，就在他此时的为人处事、接人待物、写诗作文等等言行，都无不耽情耽性，稍后更在其文学事业和戏剧创作中高扬"至情说"，强调"世总为情"，便都证明了他在张扬和强调人的本能、人的情性上，与佛教禅宗所宣示的"佛性"，即人本身自然体现出来的"作用见性"（自然本性），是趋向一致的。所以从青年到中年的一段时期里，汤显祖既求取功名，又耽读释书；心态上既积极入世，又向往出世，并以狂士和释道的态度，去看待官场权

贵的熏天气焰。这两种相互矛盾的要求，一直同时在他的内心里涌动着，此起彼伏地斗争着，所以就有了在别人看来是若即若离的怪异举动。

在这样不愿意依附权势者的情形下，也注定了汤显祖的为官之途不会顺利亨通。

庶吉士自然不会再有他的份儿，同期的进士，有的很快就补了肥缺上任去了，他则被分派在礼部观政。所谓观政，就和现在说的实习生差不多，但又并不办理什么公事，只是观摩而已。对汤显祖来说实际上就是等待分配。这样一直到了第二年夏天，汤显祖被委任为南京太常博士，主管祭祀礼乐，是个正七品的小小闲官。汤显祖的第一个妻子吴氏在两年前去世，他后来在北京续娶了傅氏为妻。此时便携妻共往南京。南京有着丰富宏丽的六朝遗迹，又是江南人文荟萃之区，汤显祖以一个闲职之身，便有了更多的时间去读书写作，去与各地的文人和官员好友交游往来。

自明成祖迁都北京后，南京形为陪都，虽依旧设有中央六部的官样机构，但已经是个虚架子，朝廷很少有需要在此处理的实际政务。被安排到这儿来的，也大都是一些失意的官员，他们多是官场争斗倾轧中的受害者，更加了解社会和官场上的一些实际状况，所以也经常对朝政提出批评和不同政见。再加上在京和各地任职的一部分正直的言官，逐步形成了一股在统治集团内部不满现实的少壮派力量。在元老大臣和少壮派的较量中，汤显祖明显地站在了后者一边。

万历十六年，江南一带因水灾导致了大饥荒，粮食匮缺，疫病流行，民不聊生。汤显祖的家乡同样受灾，亲族频频告急。在严峻的社会现实面前，他写下了《疫》、《内弟吴继文诉家口绝谷有叹》、《寄问三吴长吏》、《江西米信》等诗篇，以"海河半相食，木砾饲老少"，"江淮西米绝，流饿死无覆"来描述惨烈的灾情，同时又把自然灾害和

社会因素的拷问联系在一起，在诗中不仅谴责了救灾不力的地方官员，连朝廷和皇帝也进行了责问："君王坐终北，遍土分神溜。何惜饮余人，得沾香气寿"。（《疫》）

在南京，汤显祖也一直不愿意和王世贞、王世懋等显贵人士来往，按说王世懋还是他的上司。他随意评论时政，藐视权贵，喜怒好恶全然不加遮饰。在万历十五年的京官任满考察时，汤显祖便被人恶意中伤。于次年改任为南京詹事府主簿，官职从正七品成了从七品，是不降职的降职。40 岁那年，汤显祖才官升一级，做了南京礼部祠祭司主事。数年来，他目睹官场积弊深重，贪赃枉法、鱼肉子民者凭借阿谀奉承走上高位，忠心耿耿、敢于揭发检举权贵污行的官吏则均遭贬谪，心中久已积蓄了太多的愤怒。万历十九年，汤显祖毅然上书《论辅臣科臣疏》，直指当时手握大权的申时行等内阁辅臣，不以天下生民为念，滥用权势、排除异己等败坏朝纲之事，呼吁皇帝进行追究。

当时朝廷的辅臣，即是中央政权的内阁成员。位列第一的辅臣称为首辅，实际上就是首相。当时的首辅，是早就接替了张四维的申时行。科臣，主要指朝廷的六科给事中，职位在四品知府一级的文臣，在朝政上又统称作言官，当然言官不仅限于这些人。当时的这些科臣，大多数是申时行的党羽。

汤显祖在上书中，开门见山地首先揭批了首辅申时行："臣之大小相引而欺君，皆为不忠。然岂今之科道诸臣都不知此义哉。皇上威福之柄，潜为辅臣申时行所福，故言官向背之情，为时行所得耳。"用现在的话来说，就是：申时行利用他的职权，已将皇上的权力与威严窃为己有。申时行的所作所为有欺君之罪。六科给事中十三道御史，也都犯了欺君之罪，但因为这些言官们都是根据申时行的好恶旨意去行事，所以总的责任，都在申时行身上。汤显祖自中了进士进入官场，

至今已有 10 年。他在《论辅臣科臣疏》中，洋洋洒洒，有名有据，主要列举论证了 10 年来朝政中发生的几件大事，直指群臣中正直忠言束者遭贬斥、阿谀贪鄙者得升迁，关键在于辅臣的自私贪婪、有意混淆是非。他们在国事上缺乏远见和魄力，却滥用权力以逞贪欲。从而使皇上之爵禄成了私门蔓桃李，皇上之法度被辅臣任意破坏，朝中风气被申时行群私"糜然坏之"。

此疏一上，举朝震动。汤显祖切中了申时行等人的要害，说出了满朝文武官员久藏在心里却不敢说的话，立刻引起了百官们的强烈共鸣。消息传开，朝野上下，一片哗然。许多人希望能对这篇奏文一睹为快，有的人甚至去打通内廷的关系，盼望能尽快地看到汤显祖奏疏的全文。申时行、王锡爵、徐国等，这些被汤显祖公开指责、检举的辅臣，一时间人心尽失，他们也只好做样子面呈皇帝，请求辞官，乞归，实际上也是在以自己请辞的举动，去揣摩万历皇帝对他们的态度。万历皇帝虽然这时跟申时行之流也有矛盾，对他们不满，但如果皇帝此时真的采纳了汤显祖的奏疏，那么就要进行改组内阁，接踵而来的是要大批地甄别官员，甚至对朝中的大部分官员都要做一轮调整。这么大的动荡，岂不是要乱套了吗？这是他绝不愿意见到的。所以不希望引起朝廷更大麻烦的万历皇帝，下诏安抚了申时行等人，斥汤显祖因"己志不遂，假借国事攻击元辅"，着降为徐闻典史。

徐闻地处雷州半岛，隔海对面即是海南岛，是一个路途遥远、荒僻偏远的小县城。汤显祖由南京起程，先回江西住了一段时间。南下赴广州，坐船经过琼州海峡，来到了徐闻。在这里，他在当地知县的支持下，为求知的青年们办了一座贵生书院。

当被贬谪的汤显祖还在去往徐闻的路上时，他在朝廷掀起的风暴却在继续。有官员持续地向皇帝上疏，坚持弹劾汤显祖所指责的被内阁包庇、重用的杨文具、胡汝宁等贪腐官员。皇帝无法再置之不理，

只得将这两人罢了官。也就在这一年，辅臣申时行、徐国同时从朝廷退休。汤显祖虽然被贬斥，但从由他而引发的这整个事态的发展看，他还是胜利者。他的《论辅臣科臣疏》，在明代历史上产生了深远的影响。

万历二十一年，汤显祖调任浙江处州府遂昌县做知县。遂昌小城封闭、俭朴、贫穷。汤显祖上任后筹措钱款，建起了遂昌第一所可供学生寄宿的正式的书院，一并建成的尊经阁，至今是这儿历史最早的公共图书馆。他组织人马灭虎清盗，为地方除害。想方设法遏制官吏豪绅对地方百姓的欺压。每逢除夕和元宵节，他还下令让狱中的犯人都回家去与家人团圆，还允许上街观灯。那些临时放归的犯人们，到了时辰也都自动地归狱，竟没有一个借机脱逃的。遂昌岁月，汤显祖深受当地百姓的爱戴，也使他更多地了解了百姓的疾苦，了解了春种秋收的乡园生活。

明代的知县，是每 3 年一任。汤显祖在遂昌任上一直呆了 5 年。当朝的继任首辅王锡爵，曾被汤显祖上疏时抨击过，自然对他怀有忌惮之心，数年中凡是有官员举荐汤显祖返京任职的疏文，都一直被压下不提。

而汤显祖自从被贬谪徐闻后，就已经对明代官场失去了信心。在遂昌五年后，他对官场仕途则彻底不再有所恋栈。于万历二十六年（1598），他向吏部告了长假，等于是拂袖弃官而归，回到了老家江西临川，专心投入到了他喜爱的戏剧创作中去。

3. 流芳百世的戏剧创作

汤显祖归隐临川玉茗堂，先后创作了《牡丹亭》（1598）、《南柯记》（1600）、《邯郸记》（1601），连同他以前在南京时写的《紫钗记》（约 1587），被世人合称为"临川四梦"或"玉茗堂四梦"。

汤显祖创作的第一部完整的传奇是《紫钗记》。它的前身，是汤显祖写于早年的《紫箫记》，现存三十四出，取材于唐代蒋防的传奇《霍小玉传》。当初《紫箫记》未写完的原

汤湿祖家乡

因，据汤显祖在他的《玉合记题辞》里说，是因为"曲中乃有讥托，为部长吏抑止不行"。后来他在南京任太常博士时，将此剧更名为《紫钗记》，情节仍沿袭《紫箫记》，进行了较多的改动后，完成了全剧。《紫钗记》与唐传奇《霍小玉传》最明显的不同处，是把原先李益负心、霍小玉含恨而死的悲情故事，改写成了李、霍两个有情人最终夫妻圆满的大结局。剧中写的是：诗人李益在长安流寓时，于元宵夜拾到了霍小玉遗失的紫玉钗，两人因此钗而得缘相遇。李益以钗为聘物，托媒与小玉婚配。成亲后两人琴瑟相和、恩爱逾常。而后李益赴洛阳考中了状元，又立下军功，权臣卢太尉欲招他为婿，再三笼络并将其软禁。卢太尉先是派人到霍小玉处谎传李益已被卢府招婿。小玉相思成疾，无奈典卖玉钗，又被卢府买去。卢太尉又以玉钗欺骗李益说小玉已另嫁他人，使两人在曲折错乱中产生误解。霍小玉满腔痴情，辗转求全，苦苦追觅，在失落绝望之际悲愤地将百万之金全部抛洒，自己随之也萎顿床榻，奄奄一息。这时有一位受皇帝信任的豪杰之士黄衫客路见不平，去将李益强持到小玉床前，夫妻才得以重新团聚。

《紫钗记》中，有《折柳阳关》、《冻卖珠钗》、《怨洒金钱》等几

折重点抒情戏，全剧着重塑造了霍小玉和黄衫客这两个一情痴、一豪侠的形象。其中浓笔重墨地描绘了小玉婉转感人的痴情，黄衫客挺身而出，亦是感于她的一片苦苦深情。同时这侠义壮士的横空出世、力挽狂澜，又表现了作者对现实的失望和对于社会正义、情感良知的期待与呼唤。在这部剧里，汤显祖首次表现出了他的以"至情"为核心的文学创作特色。

在汤显祖的"四梦"中，《牡丹亭》无疑是其最杰出的代表。如果说《紫钗记》和《牡丹亭》都是儿女风情戏，那么写于其后的《南柯记》和《邯郸记》，则属于官场戏或曰社会风情戏。

取材于唐传奇李公佐《南柯太守传》的《南柯记》，则是一个十分有意思的故事。里面写了一个叫淳于梦的青年，他官场失意，一副落魄相。有一次他借酒消愁，与朋友喝得大醉，醉后不觉在一棵大槐树下睡着了。在梦里，他来到了槐安国，被这里的国王召见，又被国王和王后看中，将心爱的女儿瑶芳公主许配给他。成了槐安国驸马的淳于梦，立时尊贵非常，要风得风，要雨得雨。国王任命他到全国最大的南柯郡，当了太守。在那里淳于梦一干就是二十年，享尽了荣华富贵，南柯郡也被他治理得井井有条，郡富民安，真可以说是夜不闭户，路不拾遗。在公主的要求下，他又由南柯太守升为了左丞相。正当他志得意满之际，忽然檀萝国兵马杀来，要抢走公主，淳于梦统兵破围，救出了公主夫人。但瑶芳公主却因此惊吓生病，不久身亡。淳于梦从此失去了倚仗，日日荒淫无度。在政敌的进谗陷害下，国王撤掉了他的官职，再无昔日荣耀。随后一辆破牛车载着他离开了槐安国，被遣送回乡。也正在这个时候，淳于梦被朋友从睡梦中叫醒了。他醒来后，才知道自己从富贵风光到失意潦倒，只不过是做了一个梦。而这个梦境，就来自他家庭院前大槐树下的一个巨深蚂蚁洞。仔细看去，但见那蚁穴里沟巷密布，秩序井然，黑压压数不清的大小蚂蚁在忙碌

穿梭，俨然一个槐安国世界。这时，骤雨忽降，待淳于棼和友人避雨回来，蚁儿们已被大雨冲淹得不知去向。此时的淳于棼虽大梦已醒，依然十分思念自己在蚁穴里的亡妻瑶芳公主。这时契玄禅师做水路道场，在淳于棼的虔诚祈请下，金光下天门洞开，槐安国五万户蚁众同得超生升天。玄云中瑶芳公主现身，二人诉说二十年的夫妻恩爱。淳于棼紧紧拉住了公主不放手，却被禅师挥起无情剑，一举斩断了情丝。淳于棼从此度脱成佛。

《南柯记》以梦幻写人生，是一部卓越的讽世剧。它讽刺和抨击了争权夺利、趋炎附势的丑恶官场。主人公淳于棼后来对着那蚁穴才省悟过来，什么名利地位、高官厚禄，这些人人都向而往之的，其实都不过是一场幻梦。世上君臣百官，官场那些尔虞我诈的势力小人，都和蚂蚁有什么两样？国王之尊，不也就是一个蚂蚁王吗？所以他说道："我淳于棼这会是醒了。人间君臣眷属，蝼蚁何殊？一切苦乐兴衰，南柯无二。等为梦境，何处生天？小生一向痴迷也。"梦中的官场，隐射着人间的官场。作者在剧中，一一生动地描写了朝廷的骄奢淫逸，官员间的倾轧陷害，文人及趋权附势者的奉承献媚等。所以说，《南柯记》不仅反映了佛家"浮世纷纷蚁子群"四大皆空的思想，更是汤显祖对社会现实、官场内幕的犀利揭露和批判。这部戏剧的又一重艺术魅力，是同时表现了怀有功名欲望和治国理想的士大夫，在虚妄和丑陋的官场政治中走向幻灭和觉醒的过程。

刘大杰说，汤显祖的《南柯记》和《邯郸记》这"二梦"，都是"寓言的讽刺剧"，"譬如是两面镜子，把晚明官场的种种情况，文人士子的种种心态，一齐反映出来。"同样讽刺尖锐，而文笔挞伐更为遒劲老辣的，是他的《邯郸记》。《邯郸记》同样取材于唐传奇，就是那个有名的《枕中记》——"黄粱美梦"的故事。汤显祖的这个剧本，则明显地折射了晚明上层政治社会，丰富热闹的世俗生活画面，文人自

痴情穿越
浪漫唯美
《牡丹亭》

WEN

HUA

ZHONG

GUO

身命运的深入体验，以及漫画式的笔调渲染，使它成为了跨越时空的艺术珍品。

剧中故事，发生在邯郸县赵州桥旁的一家小饭馆里，屡试不中的卢生和有意来度化他的吕洞宾，闲聊着对功名的向往。旁边店小二的黄粱米刚下了锅，困倦了的卢生枕着吕洞宾递来的瓷枕，一下子跳进枕孔进入了梦境。卢生花园偶遇娶了阔家小姐，在赶考时用重金贿赂权贵，中上了状元。卢生在京城拉关系行贿的情景，在戏台上是这样表演的：扮演财神的角色走在前面，一副孔方兄的样子，手里挥舞着一串金钱，那卢生要拜会的官员的仪仗队，看见了对面飞舞的金钱，高举着的"回避"、"肃静"的牌子立刻纷纷放倒，他们也快速分在两侧屈下身来，在中间让出了一条道路，卢生和财神大摇大摆地从中而过，活脱脱一幅漫画场景。官老爷还没登场，观众已经能想象出其接受贿赂的情景。

升了官后的卢生在陕州任职，他用"盐蒸醋煮"的办法开通了河道，请皇上来乘舟游玩。后来又以"御沟红叶"的离间计大破吐蕃，建功立勋。作者用这些滑稽的笔法描绘卢生的功绩伟业，其实是影射当时朝廷的昏庸朽败，尤其是在对付外患上软弱无力，每每采取苟且之计。卢生建功立名后，中间也曾遭到奸官的陷害，发配崖州鬼门关，妻儿与其一道受尽折辱。三年后卢生得到了昭雪，出将入相，又加封为赵国公，食邑五千户，被皇上赐予了"田三万顷，园二十一所，女氏二十四名，湖山楼台二十八所"，卢生一边大谈"戒色"，一边过着极为骄奢淫逸的生活。就这样做丞相，一直做了20多年，最后80多岁死于纵欲。最可笑的是，他在临死时还惦记着身后的"加官赠谥"，自己拟好了遗表，才肯闭上眼睛。在妻子的哭喊声中，卢生一梦醒来，那锅里的黄粱饭还没熟呢。后来顿悟了的卢生真的跟吕洞宾游仙去了。从大富贵到大寂灭，真是假作真时真亦假。士大夫

穷经皓首，视为人生根本和最大追求的功名与权位，就是这么的虚幻和讽刺。

剧中围绕卢生梦里一生的际遇，还以大量精炼的笔墨，绘声绘色地刻画了封建政治中各色人物的丑态和嘴脸。这里面有昏庸荒逸的帝王，互相争斗倾轧的权贵，更有不少看风使舵、趋炎附势的臣子官吏。卢生当初立了功，却受到奸人诬害，被判流放崖州，满朝官员没有一个肯为他说句公道话。在崖州，小小的崖州司户肆意地凌辱他，到卢生复了官，那司户又自己绑了自己，卑躬屈膝地上门来请罪。丞相卢生病危时，大小官吏争先恐后来探病问安，甚至要为他"建醮禳保"，实际上是各怀心思。他的多年好友萧嵩，表面上对他关切焦急，背地里却做着投靠新贵的准备，跑去恭贺另一大臣裴光庭就要高升补替卢生的相位了。官场中的人心变幻、世态炎凉，在汤显祖的笔下，可谓摹皮入骨，淋漓尽致。

《南柯记》和《邯郸记》，都是运用了有着游戏性质的结构框架，将梦境与现实在虚虚实实、真真假假中，过渡得微妙而自然，如王骥德的《曲律》卷四中所说"布格既新，遣辞复俊。其掇拾本色，参错丽语，境往神来，巧凑妙和，又视元人别一蹊径。技出天纵，匪由人造"，显示了作者高度成熟的艺术技巧。同时，也反映了他此时颇为复杂的思想状态。

这两部政治戏的立足点，在于对剧中主要人物和其所处环境的整体否定，反映了汤显祖晚年对于政治的厌恶和失望。在这里他表现了佛道的出世理想，但事实上，他也看到了佛仙的空幻，他希翼在这个衰微的时代，能够找到一处安顿世道人心的处所，心灵皈依的路径。结合他的《牡丹亭》，汤显祖的戏剧创作，正是吴梅在《四梦跋》里所叙述的，是针对"士大夫好谈性理而多矫饰，科第利禄之见深入骨髓"的现状，而提出了一种与之相反的人生观念，那就是："盖惟有至

WEN

HUA

ZHONG

GUO

情，可以超生死，忘物我，通真幻，而永无消灭。否则形骸且虚，何论勋业，仙佛皆妄，况在富贵！"

汤显祖以"侠、情、佛、仙"去洞察人类生存处境、反映明人生命形态和精神趋求的《临川四梦》，创造了同时代戏剧难以企及的艺术高峰。在这些生长于中国风雨飘摇的明代社会土壤的戏剧作品中，《牡丹亭》，尤其显现了历久弥新的人性光辉和卓越超伦的艺术风华。汤显祖自己也早就意识到了这一点，所以他说："一生四梦，得意处唯在《牡丹》"。

第三章

牡丹之魅：中国最绚丽的爱情奇葩

083

痴情穿越

浪漫唯美
《牡丹亭》

WEN

HUA

ZHONG

GUO

一、游园惊梦：美艳绝伦的青春与性爱之美

1. 激滟春光唤春情：女性性意识的萌发苏醒

一部《牡丹亭》，演绎了杜丽娘幽婉幻丽、曲折而完整的情感追求历程。在汤显祖鬼斧神工般的笔致下，杜丽娘生生死死、死死生生的至情奇幻经历，犹如一幅浓艳斑驳、错金镂彩中洇渗着虚幻瑰奇光芒和博郁生机的长幅画卷，凸凹交叠着人间天界、苍生鬼神，尘世的夙愿与宿命、濛渺奇情与神幻的多彩画面，鼓荡着昂扬充沛的生命激情和人生理想。

其间，尤其是那情景交融、展现了自然与青春生命无价之美的《惊梦》一出，光华璀璨，秾丽而蕴藉，最是令人惊艳，让人为之倾倒沉醉、神系魂牵。"游园"，是"惊梦"里的前半部分，所以一般也合

《惊梦》

称为"游园惊梦"。"遍青山啼红了杜鹃，荼蘼外烟丝醉软"，在春天的召唤下，顾虑着"步香闺怎便把全身现"的杜丽娘，私自走出了闺房。当她置身在万蕾绽放、姹紫嫣红的花园里，感受到处处勃发争艳的自然美色，那不经意间被激发的内心春情，如潮水般涌起，而且随着美妙的自然生命旋律，是那样烂漫无邪、婉转动荡地奔突而出，似春水破冰般不可阻挡。

最初，杜丽娘在书房里跟着冬烘老塾师陈最良读《诗经》时，已经为那诗章动了情肠。那"关关雎鸠，在河之洲。窈窕淑女，君子好逑"之句，使她悄然废书而叹道："圣人之情，尽见于此矣。今古同怀，岂不然乎？"丫头春香又转述小姐的话说："关了的雎鸠，尚然有洲渚之兴，可以人而不如鸟乎？"

杜丽娘读的这首《诗经》里的《周南·关雎》篇，原讲的是当那君子和淑女两情相悦时，君子对所爱慕的女子辗转反侧地"寤寐求之"，求到了窈窕淑女以后，便对其"琴瑟友之"、"钟鼓乐之"，这是一套爱护有加、迎之以礼的浪漫隆重的男女嫁娶仪式。它反映了周时的人们对于男女婚配之事，在顺应自然人道的同时，也有道德礼制的要求。这是先民从自由的性开放时代，进入到国家制度下家庭婚姻关系时代的最早的文学歌咏。

按说这首诗歌，在最初来说，应该是同时写给男人和女人的。告诉那喜爱窈窕淑女的君子，对他所爱的女子，不要只像河洲上的雎鸠那样以身相求，自由交合，还应该给予女子琴瑟钟鼓之爱，这就是正

儿八经的婚姻，这便叫作"爱之以礼"。对女子来说亦然。但是在古代长期的传统教化里，《关雎》渐渐地被说成是讲"后妃之德"的诗。所谓后妃之德，便是指忠贞贤德、自重自尊、宜室宜家、有风有化之类的守礼之德。这原本是讲男女人伦之始的礼仪教化，不知何时便演变成专门针对女性的了。现代的周作人曾说过一句话，大意是中国佛教道教的不净观，对于女子尤为苛酷。其实在中国的传统文化中，不分儒释道，对于女性的道德歧视和礼教束缚都是一直存在的，到了宋代可以说是愈演愈烈。而这种从对女性的单向标准，到网罗和桎梏了整个社会男女老幼的封建宗法体系，从古代人们对《诗经》这类想当然的演义里，也就多少可以想象其发展演进的端倪和逻辑了。

然而即便是这样的《关雎》，这被誉为是国人"正始之道"的人文初篇，其中的含义，也首先是肯定了人的自然情欲，认可人的生理情感需求。正像《孟子·万章》里所说的："人少则慕父母，知好色则慕少艾。"意思是说当人年纪小的时候，只会思慕父母，待长大了知道什么是美了，就会思慕年轻美貌的人。这本是与生俱来的人之本性、人之常情，人又岂能不如鸟呢？所以天性颖悟的杜丽娘读《关雎》，就直觉地认定了那分明是古人歌咏爱情的一首恋歌。这篇原本来自民间的情诗，显然给生活在传统官宦家庭里的她，吹来了一缕来自田野河洲的自由的气息。

在寂静的闺房深院里，看着阳光微风里轻轻摇漾的软泉晴丝，杜丽娘，这个养在深闺的少女，清晰地感受到了春天的撩人气息。她从妆台的菱花镜里，欣喜地端详着自己闭月羞花、沉鱼落雁般的美，不由得自赏自怜这青春美貌"恰三春好处无人见"。所以当她怀着剪不断、理还乱的心情，平生第一次踏进了那太湖水畔，点缀着亭台曲水、满是名花异草的后花园时，那一声"不到园林，怎知春色如许？"真是表达了她发自肺腑的惊喜和百感交集，接下来的一曲"皂袍罗"，更是

痴情穿越
浪漫唯美
《牡丹亭》

WEN

HUA

ZHONG

GUO

将女儿家面对那眩目美景时内心的无限欢欣、感慨、叹惋，抒发得淋漓尽致，情思百转，意味深长：

[皂袍罗] 原来姹紫嫣红开遍，似这般都付与断井残垣。良辰美景奈何天，赏心乐事谁家院！（凭般景致，我老爷和奶奶再不提起）朝飞暮卷，云霞翠轩，雨丝风片，烟波画船。……锦屏人忒看得这韶光贱！

这段婉丽雅典、情韵深致、美不胜收的优美词曲，历来是《牡丹亭》欣赏者的最爱。其词，其景，其人，其情，流水落花，忧喜缠绵，唱出了个中百般滋味；美景丽辞，句句撞人心扉，情思缭绕，余音袅袅，萦绕在人们心中数百年。在这里，这词曲既是对绚烂娇好春光的深情描绘，也是杜丽娘对自身青春之美、年华蹉跎的惊觉和体认。姹紫嫣红与断井残垣，形成了具有视角冲击力和心灵冲击力的鲜明对比。而映衬着妩媚端妍、仪态万方的杜丽娘形象的，是少女青春易逝、韶华虚度——这令人怃然震动的暗喻和象征。

自然的无限魅力，自然力量的真实与强大，此时在杜丽娘的身上充分地显现了出来。莺啼燕鸣、百花争艳，阒寂环境中与水光山色美景的亲近，都在促发着她的青春活力和已经萌生的春心情愫。伤春、春愁的惆怅与苦闷，挟裹着自然的魔力，将她紧紧笼罩。这种心境又随着她情绪的流转，向着心理和生理上的情感需求进一步转化。牡丹虽好，春华易谢，这让人观之不足的园子，看哪儿都惹人留恋。但是啊，就是赏遍了十二亭台的景致又能怎么样呢？我杜丽娘心中陡生的烦闷，可有谁知晓？她终于喊出了自己哀怨的心声：

——天呵，春色恼人，信有之乎！尝观诗词乐府，古之女子，因春感情，遇秋成恨，诚不谬矣。吾今年已二八，未逢折桂之夫；忽慕春情，怎得蟾宫之客？昔日韩夫人得遇于郎，张生偶逢崔氏，曾有《题红记》、《崔徽传》二书。此佳人才子，前以密约偷期，

后皆得成秦晋。吾生于宦族，长于名门，年已及笄，不得早成婚配，诚为虚度青春，光阴如过隙耳。（泪介）可惜妾身颜色如花，岂料命如一叶乎！

元好问的词《鹧鸪天·薄命妾》里写道："颜色如花画不成，命如叶薄可怜生。"形象地道出了封建时代女子如风中飘叶般不能自主的人生命运。杜丽娘身为封建贵族小姐，她因春感情，不甘心自己鲜花般的生命，如满园春色般被任意罔视和荒置，从而激发出了强烈的情感要求和生命冲动。

这时，她"伤春"的一系列复杂微妙的心理活动，是她苏醒和焕发了的自我，也正是她春色萌动的性意识。杜丽娘此时"年已及笄"，已趋于成熟的女性意识，使她自然地产生了求偶的意愿。她浪漫、崇高的性意识，与她个人固有的道德取向，自然而然地形成了一种自我调节，那就是在现实生活里，她想要与自己理想中的男人——折桂蟾宫之人，即有功名前途的青年男子，佳偶天成，早成婚配。所以，杜丽娘认为自己年华正好却在虚度光阴，对此怀着难以言说的渴念与幽怨。并且，从人的生理学角度来看，当人的身体发育到了一个成熟的阶段，其自然情欲是禁绝不了的，而越是在封闭禁锢、压抑孤独的环境下，这种情欲的要求，则会越发地迫切和突显。杜丽娘一直生活在与外界隔绝的朱门深宅里，从未与陌生的青年男子有过接触。深爱她的父母，极力要将她培养成合乎礼教规范的大家淑女。平日她在闺房里，如白天无聊时慵懒地小睡片刻，绣花时"裙衩上花鸟绣双双"等这一类十分平常的小事，都会引起她父母的不安和重视，唯恐他们的女儿在闺范举止上有些许的不当和闪失。而对杜丽娘来说，能暂时离开父母的管束去尽兴地游逛花园，是她难得的一次赏心悦目、恣放性情的机会，也是她细细地品味身外妙境、与自然对话的一场精神之旅。

087

痴情穿越

浪漫唯美
《牡丹亭》

WEN

HUA

ZHONG

GUO

情窦初开的杜丽娘，因春感伤，又十分清楚自己心里这份求偶的向往和苦恼，无法向她的父母诉说，也更不可能有机会像书中所写，如那些才子佳人一样密约偷期，终成佳偶。所以她的伤春愁绪，郁闷心结，只能隐藏在自己的心里，思量回味，苦苦煎熬，以至炽烈难遣：

[山羊坡] 没乱里春情难遣，蓦地里怀人幽怨。则为俺生小婵娟，拣名门一例、一例里神仙眷。甚良缘，把青春抛得远！俺的睡情谁见？则索要因循腼腆。想幽梦谁边，和春光暗流转？迁延，这衷怀哪处言！淹煎，泼残生，除问天！

深闺少女的伤春情怀和生命冲动，表现得如此坦白、热烈而烂漫无忌，是中国以往文学作品里描写这类"闺秀型"女性形象中所没有的。这段唱词不似一般昆曲那样婉雅含蓄，而是有着元曲的直截和酣畅淋漓之气，表现了杜丽娘的激情在压抑中几欲爆发的剧烈情绪，也显示了娇美温雅的杜丽娘内心执着、倔强的一面。

这种真实而深刻的表现，正是汤显祖讲究"意趣神色"的戏剧创作中一种独有的特点。汤显祖所描写的杜丽娘的家庭，正是宋代的宦族名门，属于中国封建社会的上流阶层。这些家族背后隐现着的，也可以说是他们一直生存呼吸于其间的，是当时社会严密的道德秩序和传统规范。而杜丽娘的父亲杜宝，就是她局闭的生活里封建正统意识的代表。还有她的母亲、私塾老师，甚至出现在她周围的石道姑等人，都共同表征着当时封建保守的日常生活氛围。而杜丽娘的形象出现时，并不像《西厢记》里同样是大家闺秀的崔莺莺亮相时那般含羞矜持，半遮半掩；杜丽娘是因景感触，便直言不讳地表达了自己的内心意愿，散发着时代的个性精神觉醒及人欲情性回归的独特光彩。杜丽娘青春激情的勃发与宣泄，是她如花般年轻亮丽的生命，对"存天理、灭人欲"的理学囚笼的本能抗衡和反叛，更是她最可宝贵的青春生命、花样年华对于天赋人性和人生而有情的坦然告白，对人性本体欲望的勇

敢正视和天然遵循。

孔子说："饮食男女，人之大欲存焉。"汤显祖也说"世总为情"。人欲情性，原是人的生命存在的本能欲求，是人与生俱来的自然本性，也是天地赐予人的原生禀赋，是与大自然世界共有的通性。漫漫人生羁旅中，杜丽娘生命爱欲的轰然苏醒，既是独特的，又是普遍的。

岁月流逝，青春难再。人逢少年时，纯真纯洁有如水中生长的百合，那美得不可思议又纤锐敏感的身心感官，面对造物的伟力，迎风沐雨，摇曳颤栗。谁没有杜丽娘的春愁缱绻？谁没有杜丽娘的临水照花，顾影自怜？"花花草草由人恋，生生死死随人愿，便酸酸楚楚无人怨"。今古同怀，岂不然乎？

2. "一生爱好是天然"：自由耽美天性的咏叹

中国古代的智者，很早就认识到了人的食欲和性欲，都是人类最重要的自然本性。像上面引用的孔子如是说，还有《孟子·告子》篇里也说道："食色性也。"他们指的都是人的生命离不开的两件事：一个是吃饭的事，直接关系到民生问题，人的生存；一个是男女之间的性（色）问题，直接关系到人的生物性延续和生命质量的康乐与否。在20世纪中叶，美国心理学家亚伯拉罕·马斯洛提出了他著名的"人类需求层次理论"，将人的饮食情欲这种基本生理要求，放在人类需求层次的第一层，也即是最低的最起码的层次，说明了如果人的这一层次的需求不能被满足的话，那么人类其他较高层次的需求，像安全需求、情感归属需求、尊重与自我实现等需求便不会被唤起。

中国古人，大概是世界上最早把人的"食、色"行为引入人文典章的民族，他们在两千多年前，就将"饮食男女"之事礼仪化和道德化了，表达了对人的自然天性的尊重，本身也是一种人文教化。具体来说，就是在儒家思想占主流地位的传统社会里，人的自然本性，特

痴情穿越
浪漫唯美
《牡丹亭》

WEN

HUA

ZHONG

GUO

别是性的问题，被纳入人伦之大统，被伦理化了。到了后来，正像有的学者指出的，儒家的学说到了宋代，尤其是程朱理学时期，不再像最初的孔孟那样康健和近于人情，宋儒程（颢）朱（熹）秉持一种严酷冷峻的生活态度，把社会伦理规范纳入"天理"的范畴，将"人欲"与"天理"相对立起来。如果用季节气候去比喻历代的理学气氛的话，那么先秦、汉、唐，都有着似春夏般的温厚之气，而宋儒则带着一种秋冬的肃杀之气。① 朱熹去世后，他原本就存在着争议的思想学说，被引入了统治阶级的官方哲学，于是其"革尽人欲，尽复天理"的主张，被封建统治者作为一种普遍的道德实践标准向全社会推行，使得禁欲主义，这本来仅是一小撮理学家所期望达到的最高道德境界，却在社会上以普世形式的道德要求得到了提倡，甚至形成了宋明时期禁欲主义式的礼教风俗，尤其成为严重地摧残女子的吃人礼教。这种"存理灭欲"的理欲观和生命观，从压抑、扭曲甚至扑灭人们最基本的自然欲求开始，会逐渐地抑制、消蚀人们的生命情感需求、审美需求、被尊重的需求等等，更谈不上实现自我价值的需求了。所以，随着明代社会的经济发展，改革思潮由之兴起，阳明心学大力倡导人的主体性，所以汤显祖说"理之所必无，情之所必有"，强调"至情"和创造完满的人性。

杜丽娘，就是在这样的社会文化背景下出现的一个情感丰盈的奇女子形象。她无疑非常地爱美。在《惊梦》里，杜丽娘要去游园时，兴致勃勃地妆扮自己，"停半晌，整花钿。没揣菱花，偷人半面，迤逗的彩云偏"。春香说她：今天打扮得好漂亮啊。她回答春香道："你道翠生生出落的裙衫儿茜，艳晶晶花簪八宝填，可知我一生爱好是天然。"

---

① 参见贺麟：《文化与人生·宋儒的新评价》，商务印书馆，1999。

在《吴吴山三妇评牡丹亭》一书里，陈氏于此处评杜丽娘道："取次梳妆，画出闲耍时娇态。却因春香赞一好字，徒然感触，隐隐动下伤春之意。"不愧是才女点评的手笔，体情察意，纤毫不漏，及时捕捉住了杜丽娘内心情感起伏的微澜。

而这句"一生爱好是天然"，看上去是简短的日常情境对话，实则深切地道出了杜丽娘的内在精神和性格特征。

杜丽娘无疑是个才貌双全的绝色女子。在《牡丹亭》里，作者通过杜宝夫妇、春香、陈最良，当然最主要的还是以柳梦梅的口吻，赞叹了杜丽娘的美。如柳梦梅初见杜丽娘，只当她是个"惊人艳，绝世佳，闪一笑风流银蜡"的神仙姐姐。另外还从石道姑、地狱鬼判等各色人的眼里、口中，以不同的方式，对杜丽娘妍丽婉约、不可方物的美，给予了出色的描述和赞叹。同时，还由杜丽娘对自己的自珍自爱、自怜自赏等一系列的言行和心理活动，包括后来她在病中为自己的写真留容等等，都多方面地映衬和烘托了这位女主人公殊丽绝世的非凡美貌。

然而更重要的是，杜丽娘大方地宣称自己生性"爱好是天然"，强调了"爱美"是她天然生成的性情。"爱好"这话原本来自浙江地区的方言，"好"就是"美丽、美好"的意思。仔细琢磨这个"爱好"的字眼含义，里面还应该包含着一层"要强"的意思。那么这个"好"，就不单单是指"美丽"了，扩而言之，它应该是包含了人们惯常说的"真、善、美"在内的"美好、美满"之意。这说明了杜丽娘不但人生得漂亮，聪明颖悟，善解人意，更非常地热爱生活，热爱生活里一切美好的事物。她喜爱也盼望着有意趣的、美好的、欢乐的人生。她将自己打扮得像春天般亮丽可人，满怀欣喜地去欣赏自然美景，又是那样敏锐地去感受着眼前的风丝雨片、花树飞鸟、烟波画船，孤寂的心很快地与自然融在了一起。她将万象生机的花园景致，当作了自己青春生命的镜像，她沉醉地投入其中，痴迷地感悟体味，要自己确证自己鲜活的身体和自我的存在，反复地顾影自怜，不能自拔，表现了一种对自然和真实的耽美而沉溺的天性。

她这时的心理情状，就像后来 18 世纪的西方大诗人歌德所吟咏的："用热爱的心情摹仿自然，并在这摹仿中跟随自然。"从大自然中，她得到了生命的启示，获得了精神的力量，也如同获得了上天的神示，那便是：自然之美，就是生命之美，就是自由之美。

正是这种耽于美、向往美，向往自由的天性，使得杜丽娘不甘心枉费了美景良辰、绮丽年华。就像是春天到了，就有那成对的莺燕"生生燕语鸣如剪，呖呖莺歌溜的圆"；而人生的春季到了，就要珍惜韶华好时光，"花开堪折直须折，莫待无花空留枝"。她的伤春感怀，她无处排遣的春情，此时自然而然地落在了适人、嫁夫这个念头上。嫁给一个可心的人儿，去相偕相伴，"只做鸳鸯不羡仙"，是杜丽娘逃离封闭死板的深闺生活，享受世俗情爱、享受青春和人生的深情向往和想象；也是她的自由意志，从她的心身迸发出的对于浪漫自由情爱的炽热要求。

3. 亭畔前日暖玉生烟：性爱之花的绚烂绽放

"则为你如花美眷，似水流年，是答儿闲寻遍。在幽闺自怜"。

"是那处曾相见，相看俨然，早难道这好处相逢无一言？"

"如花美眷，似水流年"，"是那处曾相见，相看俨然"，"惊梦"一折里，这两句唯美而展现了无限想象空间的词曲，以浑然天成的情感旋律，扑面而来，竟让人有瞬间泪至的感觉。这两句词曲里，一个道尽了人们对生命的珍爱和岁月流逝的无限感慨，一个写尽了人们对真挚至情的蚀骨思恋。面对着它们，古诗词和小说戏曲里那些意蕴相类的佳词美句，一时间在脑海里纷至沓来，却又觉得仿佛都可以收束

在这眼前的词曲里面。前者如唐人诗句"水流花谢两无情"，《西厢记》里的"花落水流红，闲愁万种"等，美则美矣，却不及"如花美眷"句昳丽丰腴，又苍郁怆美，引人无限的感动和感伤；后者，则最易让人联想起《红楼梦》里宝黛初会、彼此惊为天人的动人情境，而《红楼梦》又比《牡丹亭》晚问世了约近百年。

《牡丹亭》对于《红楼梦》的创作，显然有着非同寻常的影响。不但在《红楼梦》第二十三回"《西厢记》妙词通戏语，《牡丹亭》艳曲警芳心"里，有黛玉听见了戏班排演《牡丹亭》"姹紫嫣红"一段唱腔后内心掀起波澜的细致刻画，在第三十二回的篇首、第四十回"史太君两宴大观园，金鸳鸯三宣牙牌令"等处，都引入了《牡丹亭》曲词或汤显祖诗句的描写，在贾宝玉向林黛玉"诉肺腑"表达爱情的第三十二回页首，就曾录写了汤显祖的一首诗："无情无尽却情多，情到无多得尽麼？解到多情情尽处，月中无树影无波。"① 诗前有小引写道："前明汤显祖先生有怀人诗——，读之堪合此回，故录之以待知音。"可见《红楼梦》作者曹雪芹对汤显祖及其《牡丹亭》的知音殊赏，惺惺相惜。而从《红楼梦》这部伟大的作品，也可以反观到《牡丹亭》那深切迂曲、令人回味不已的艺术感染力。

而在"惊梦"的痴幻朦胧、情性恣放里，这两段词曲，甘美如醴泉，幻艳若霞云，如真如幻地牵连起了杜丽娘和柳梦梅两个人儿，似镜花水月，又似前世盟缘，水乳交融地为其铺设、烘托了清新婉妍、奇胎初花般唯美的情调。

杜丽娘"游园"之后的"惊梦"一节，是虚幻的，又是真实的。它具有梦境的玄虚迷蒙之美，也由无所不及的梦境产生了穿透现实的力量。说它拥有强烈的现实性，是因为这梦境的实质，是人的青春和

---

① 汤显祖：《江中见月怀达公》，《汤显祖诗文集》，上海古籍出版社 1982 年版。

093

痴情穿越
浪漫唯美
《牡丹亭》

WEN

HUA

ZHONG

GUO

生命本性的外化，而不仅仅是杜丽娘生理上和心理上的一时冲动；这梦境的实质又是她年华攸逝、青春迷惘苦闷的本能救赎，也是一直被压抑着的自然情欲和对异性的思慕渴望，如电光石火般的瞬间喷发。

此前，汤显祖以他的笔蕊心花，瑰丽细腻地展现了杜丽娘在花园里睹景伤情、心旌神摇的少女春心，杜丽娘之后的惊梦，便有了心理和情境的自然铺垫。接着便是杜丽娘倦游而归，昼眠香阁。春光幽转，她"忽见一生，年可弱冠，风姿俊妍"，手持园中折得的柳丝，要她题诗——

（睡介）（梦生介）（生持柳枝上）"莺逢日暖歌声滑，人遇风情笑口开。一径落花随水入，今朝阮肇到天台。"小生顺路跟着杜

明天启间吴兴闵氏刊朱墨套印本
《牡丹亭还魂记》绘图

小姐回来，怎生不见？（回看介）呀，小姐，小姐！（旦作惊起介）（相见介）（生）小生那一处不寻访小姐来，却在这里！（旦作斜视不语介）（生）恰好花园内，折取垂柳半枝。姐姐，你既淹通书史，可作诗以赏此柳枝乎？（旦作惊喜，欲言又止介）（背想）这生素昧平生，何因到此？（生笑介）小姐，咱爱杀你哩！

[山桃红] 则为你如花美眷，似水流年，是答儿寻遍。在幽闺自怜。小姐，和你那答儿讲话去。（旦作含笑不行）（生作牵衣介）（旦低问）那边去？（生）转过这芍药栏前，紧靠着湖山石边。（旦低问）秀才，去怎的？（合）是那处曾相见，相看俨然，早难道这好处相逢无一言？

尔后，一场幽丽奇幻的性爱欢合，在杜丽娘的梦境里显现得如此

柔情四溢、玉倾花摇：

[嘉庆子] 是谁家少俊来远近？敢迤逗这香闺去沁园。话到期间腼腆，他捏这眼，奈烦也天；咱嗽这口，待酬言。

[尹令] 那书生可意呵，咱不是前生爱眷，又素乏平生半面。则道来生出现，乍便今生梦见。生就个书生，恰恰生抱咱去眠。（白）那些好不动人春意也！

[品令] 他倚太湖石，立着咱玉婵娟。待把俺玉山推倒，便日暖玉生烟。捱过雕栏，转过秋千，揞著裙花展。敢席著地，怕天瞧见。好一会分明，美满幽香不可言。

那是"和你把领口松，衣带宽，袖稍儿揾着牙儿苫也，则待你忍耐温存一响眠"的温柔性爱；是"这一霎天留人便，草藉花眠。则把云鬟点，红松翠偏"，"紧相偎，慢厮连，恨不得肉儿般团成片也，逗的个日下胭脂雨上鲜"的热烈性体验；是花神俯视下的"单则是混阳烝变，看他似虫儿般蠢动地把风情搧。一般儿娇凝翠绽魂儿颤。这是景上缘，想内成，因中见"——大胆的男女交媾和因果奇缘。

在这个春日的性梦里，杜丽娘潜在的性欲望显然得到了满足，她享受了自己的身体充分展开的醇美性爱。"雨香云片，……泼新鲜冷汗粘煎，闪得俺心悠步，意软鬟偏。"在这场性的欢爱中，杜丽娘既紧张，又感到了快乐，她虽然惊惶，但又无比幸福。她体验了"牡丹亭畔，芍药栏边，共成云雨之欢，两情相合，真个是千般爱惜，万种温存"的极度欢乐，迷离恍惚中，她仿佛得到了来自异性的甜蜜爱抚，直待那梦酣春透。

在杜丽娘青春活力的涌荡中，馥郁神秘的性爱之花悄然开放。它带着来自人类根源深处的无限魔力，激活了她生命的灵性，这灵性则终将赋予她无所不至的神奇力量。

由于明代中后期倡导个性解放的社会思潮，激荡起了一股"尚情"

痴情穿越
浪漫唯美
《牡丹亭》

WEN

HUA

ZHONG

GUO

的生活风尚和文学风尚，涌现出了大量的言情作品，同时也出现了大量笔调各异的色情描写。比如有着赤裸直露的性描写的《金瓶梅》，就是当时世情小说的代表。那时的戏曲，也是"十部传奇九相思"。在《牡丹亭》前后出现的许多戏曲里，有的写才子佳人的风流艳遇，有的写男欢女爱的性饥渴和情欲追求，还有的将情欲趣味化、猎艳逐色的情色描写等，都达到了前所未有的程度。汤显祖在这《牡丹亭》里，表现男女的自然情欲，张扬人性，自然也少不了有关情欲、性爱的描写和涉及情色的笔致。在《牡丹亭》的这"惊梦"和"寻梦"中，不但浓彩重墨、惊世骇俗地大胆描绘了青年男女性爱欢好的场景，而且将这性欲性爱的追求和满足，演绎得繁花交蔽，意象纷呈，浪漫温馨又曼妙宜人，是中国戏曲中罕见的表现美好青春、美好性爱的精美力作，也是整部《牡丹亭》中最为鲜活艳冶、魅力四射的部分。

4. 园林意象与灵奇梦幻：青春爱欲的诗意体现

汤显祖将杜丽娘的性爱之梦，安置在姹紫嫣红的后花园里。按老夫人的话来说，那里是"清冷无人之处"，"不宜闲行"，倘或还有那不宜女儿家撞见的"柳精灵"、"花神圣"。这在今天看来，虽是老夫人的迷信之语，实际则暗合了杜丽娘花园幽会的若干意象和情节。汤显祖正是在这春光烂漫的所在，创造了一组丰沛华美的园林意象，呈现了一个诗情浓郁、充满了审美意趣又天然浪漫的东方伊甸园。

这园子是花的世界，以"牡丹亭"为中心，围簇着牡丹、芍药和涂藦等其他艳丽百花。牡丹国色天香，一向为百花之王，以牡丹为亭的名字，其中包含了牡丹殿春的意义，即杜丽娘唱词中自喻的"牡丹虽好，它春归怎能占得先"。牡丹亭又是发生在后花园里故事的一个主体性标志，像作品开头时反复吟唱的"但是相思莫相负，牡丹亭上三生路"。牡丹亭，实际上就是整个园林中也是作品中的女性主体意象和

故事主题的表征。那雍容华贵的牡丹，在春风拂柳中，傲然开放，还有那娇艳欲滴的芍药，围栏起舞，媚丽摇曳。它们都是女性美的象喻，在这里，它们象征着杜丽娘艳压群芳的绰约风姿，也象征了她青春爱欲的娇美绽放，青春美好生命的丰沛与饱满。

花园里的梅、柳意象，喻指着杜丽娘和柳梦梅。中国传统文化中的梅、柳，是诗人历来吟咏爱情之物，又是才子佳人的象征。"'柳'的初期人格象征中包含着对名士俊朗风姿的类比，这在魏晋六朝时常见，如《晋书·王恭传》：'恭美姿仪，人多爱悦，或目之云：'濯濯如春月柳。'又如《南史》：'此杨柳风流可爱，似张绪当年时。'汤显祖对此加以借鉴，除安排柳梦梅为名门之后外，还让他拥有不俗的仪表——是一个风流可爱的俊雅名士。"① 梅树、梅花，作为美女的象征，既是一种韵致幽洁的审美情感的寄托，更是自古以来绵延不绝的文人佳话。比较早的是隋人赵师雄在罗浮山遇见了梅花仙子的美丽传说：

隋朝人赵师雄游罗浮山时，夜里梦见了与一位装束素雅的女子一起饮酒。这位女子仪态绰约，芳香袭人；又有一个绿衣童子，在一旁笑歌欢舞。天朦胧发亮时，赵师雄醒来，发现自己睡在一棵大梅树下，树上有鸟儿在欢唱。原来梦中的女子就是梅花仙子，绿衣童子就是翠鸟。这时，月亮已经落下，天上的星星已经横斜。赵师雄一人惆怅不已。

所以汤显祖在"寻梦"里有"罗浮梦边"语，用的就是这个典故。北宋时林逋隐居杭州孤山，不娶妻子，而植梅养鹤，人称其"梅妻鹤子"。他的《山园小梅》诗中名句"疏影横斜水清浅，暗香浮动月黄昏"，一直被世人誉为是梅花的传神写照。梅花早发，在这里是万物复苏的意象，有如杜丽娘的感春觉醒。剧中丽娘自叙道"咱弄梅心

---

① 朱明明：《论〈牡丹亭〉中梅、柳意象的多重内涵》，《中国古代文学研究》。

097

痴情穿越

浪漫唯美
《牡丹亭》

WEN

HUA

ZHONG

GUO

事，那折柳情人"，既是诉情，亦是以梅自喻。

梅、柳在中国文化复杂的语义系统里，又暗寓了性，喻示着男女之情。宋代李元膺的《洞仙歌》词序里说："一年春物，惟梅、柳间意味最深。"[1] 汤显祖在《牡丹亭》"言怀"诗里，有"门前梅柳烂春晖"一句，预示了一个春情故事将要开始。梅花象征了青春少女，那磊磊梅子、青梅，又是关涉了女性生殖、处女的暗喻。柳、柳枝则是暗指性爱、性爱中的阳性。梅树、柳枝在作品里，同时又是杜丽娘和柳梦梅爱情的信物，情与爱的见证。"不在梅边在柳边"，"拼得个梅根相见"。四时之丽在于春，春日生发最早的，又莫过于梅、柳。梅花最早怒放，柳的生命力极强。梅、柳的意象，在这里实在是意味深长。

湖山石边，一湾流水，弯曲婀娜，则对应、显现了景中人的婉曲韵致、风流多情。杜丽娘在"寻梦"中，对水诉说着心中难诉之情："这一湾流水呵！"蜿蜒流水，也是与她内心的万端感触、无限波动相共鸣的情感意象。

花神的形象也有着妙不可言的艺术魅力。整部《牡丹亭》里，杜丽娘在人世和冥间，来去飘渺自如，多得花神相助。花神的形象应该是来源于道教的民间俗神。也有一个关于汤显祖写《牡丹亭》时遇见花仙的传说：

据说汤显祖在临川老家写《牡丹亭》时，一个深夜，他在苦思冥想中，来到了庭院里的山茶花树下，山茶花的别名又叫玉茗。恍惚间，忽见一白衣素裙的美好女子，从天而降，微笑着对他说："我乃玉茗仙子，特来为君舞，愿君将舞曲和歌词记下，待演出时再来祝贺。"然后翩然且舞且歌。自此夜后，汤显祖奇思涌流。《牡丹亭》首演之日，那庭中的玉茗树突然白花盛开，芳香四溢。

---

[1] 唐圭璋编《全宋词》，中华书局1965年版。

这玉茗仙子，说不定就是这花神形象的原型。在《惊梦》里，初登场的花神，是伺管众花之神，也是园林自然意象的某种集聚和升华，它本身又是自然生命力和繁殖力的象征。花神在场上道白："吾乃掌管南安府后花园花神是也。因杜知府小姐丽娘与柳梦梅秀才后日有姻缘之分，杜小姐游春感伤，致使柳秀才入梦，咱花神专掌惜玉怜香，竟来保护他。"它保护着"慕色"的杜丽娘，要让她与柳梦梅的"云雨十分欢幸"。它的唱词和对梦中交欢的人儿的庇护，为杜、柳相会营造了美丽、浪漫的意境。同时花神在这里，又代表了自然的主宰之声，它"为情作使"，表达了宇宙自然和来自宗教的意志，宣告着对这人间情缘的支持和理解。

因为花的植株具有开花、结果的强盛自然繁育功能，还在远古时代，人类的先民就将花纳入生殖崇拜文化的序列。有学者专门研究了中国民间的花神信仰说："花符号除了在意指上具有繁衍的象征之外，在意符的表现上其形象亦与女阴相似——花可以成为祭祀崇拜中的圣物，也可以代换成象征母系社会下强大生殖能力的展现。因此，不论是本身延续生命的特质或是其形似女阴之故，花在符号意义上已经与'生命'一词无法切割。"[1] 中国文化里的花神，在生活中更常见的是兼涉了"花好月圆"、"花前月下"等人伦团聚和爱情的意象。"在江南一带，本建有不少花神庙，但似乎是有默契般地在附近都可看到供奉月老庙的踪迹。杭州西湖花神庙于清末时毁坏，当地居民便将庙内的花神神像安坐于附近的月老祠里，并与原月老神像一同供奉祭祀，因而素有'花神月老'之盛名。"[2]

汤显祖显然深谙花神之说的奥妙，《牡丹亭》里的花神，幽默风

---

①② 郑芷芸：《中国花神信仰及其相关传说之研究》，见台北大学人文学院民俗艺术研究所硕士论文，第68、69、146页。

099

痴情穿越

浪漫唯美
《牡丹亭》

WEN

HUA

ZHONG

GUO

趣、世故老到，又为作品增添了诙谐和俗趣。在《冥判》一节里，花神与阴府判官的对话里，细数百花，句句道出了花儿的生殖和男女生命情感、情欲指向：

> 碧桃花，他惹天台。红梨花，扇妖怪。金钱花，下的财。绣球花，结的采。芍药花，心事谐。——凌霄花，阳壮的哈。辣椒花，把阴热窄。含笑花，情要来。红葵花，日得他爱。女罗花，缠的歪。紫薇花，痒的怪。宜男花，人美怀。丁香花，结半。豆蔻花，含着胎。奶子花，摸着奶。栀子花，知趣乖。柰子花，恣情柰。

花的生殖性本质，在这里象征了杜丽娘的灵性苏醒和重生，是生生不息的生命力的宣示和彰显。

在《惊梦》里，当杜丽娘沉浸在性爱仙境时，头顶上翩然飘散着花神洒下的红色花瓣，那"拈花闪碎的红如片"，一时间惊醒了她的好梦，而从整个场景来看，又何尝不是晴空花雨，一片馨香满怀？

如此，花园里独有的春季佳景、气息氛围，几乎处处涵概了丰盈的审美意蕴和诗情意象。再看那牡丹亭畔、芍药栏前、湖山石边，百花摇曳、梅柳映妍，天地花草皆有情；被这绝佳春色映衬着的杜丽娘，更是端丽婉约、烂漫纯挚，使这天光水色、朝霞花锦之中的男女欢爱，荡溢着迷人的柔美与激情，升腾起一种幽妙奇崛又天人合一的艳异美感。

《惊梦》另一个根本的美妙神奇魅力所在，是其对性爱的梦幻化表现。一般来讲，青年男女梦见"云雨之事"并不奇怪，梦的本身，往往是未能充分实现的欲望的补偿和被压抑的情感的释放。弗洛伊德认为，梦，"乃是将思想变为现象"，是人的潜意识中被压抑的欲望的折射，是一种受到了抑制的愿望经过改装后的达成。中国早在先秦时期的《高唐赋》中，就出现了楚王与巫山神女的"云雨之梦"，这是人

类早期对自身欲望的释放，形象地表现了人与超自然力量的相沟通和相结合。所以后来"巫山云雨"、"神女"等字样，就成了中国古代诗歌和戏曲中，描写和形容男女两性欢爱时经常出现的词语和意象。《牡丹亭》写丽娘的梦中爱欲，也数次提到了"巫山云雨"、"高唐阳台"等，流露出这一"仙梦"传统的脉承。

《牡丹亭》，先写了柳梦梅之梦。在第二出《言怀》里，写他"梦到一园，梅花树下，立个美人，不长不短，如送如迎"。这便是"柳生梦梅"，它是整个故事的楔子，是柳梦梅名字的由来，也为接下来的"游园惊梦"埋下了伏笔。

而《惊梦》写的是杜丽娘的性爱白日梦。汤显祖将杜丽娘现实中无法满足的青春爱欲渴求，神妙地展现在她虚恍迷离的梦里，在戏剧里则产生了令人不胜惊奇的效果。梦境中的一对青年男女，大胆纵情，充分享受性爱的欢乐。而这梦幻中的欢爱，是"日暖玉生烟"，有一种如被轻雾旋绕般的令人晕眩的幸福快感。"美满幽香不可言"，杜丽娘压抑的潜意识所得到的满足，也表现得淋漓酣畅：

> 呀，——那书生将柳枝要我题咏，强我欢会之时，好不话长！
>
> 他兴心儿紧咽咽，呜著咱香肩。俺可也慢揸揸做意儿周旋。
>
> 等闲间把一个照人儿昏善，那般形现，那般软绵。

在梦境里，人的潜意识愿望最为跳荡活跃。只有进入了梦魂的杜丽娘，才得以开放她的身体，不再受生活中理性、礼法的约束，从而满足她自身的情欲。作者天才地采用了这一梦幻化的表现方式，可以尽情地飞扬驰骋他瑰丽的人生理想和艺术想象，去张扬人本能的天性欲望，梦幻式和象征性地展示了、实现了人在现实生活中无法实现的憧憬和愿望。杜丽娘也正是因为对这个自我解放的幸福之梦，铭心刻骨，日夜难忘，所以要以生命的代价去追寻这个梦。

"一梦而死，一梦而生"，《牡丹亭》因为这种梦幻的特色，被历

代的评论家品评为"灵奇高妙"之作。《惊梦》一出,是《牡丹亭》全剧的灵魂。剧中的杜丽娘因"玩花"、"慕色"而入梦,梦中又与陌生男子欢爱的离奇情节,从现代性科学和性心理学的理论来看,则是表现了一种人类性心理的典型状态。

在《牡丹亭》问世以后约300年,19世纪英国著名的心理学家亨利·赫福洛克·蔼理士在他的《性心理学》一书中,指出人类的性爱有很多种类,其中就包括了"性爱的白日梦"和"性爱的睡梦"。他说,性爱的白日梦男女都有可能发生,不过在少女中发生的比较多,这与其闲静的生活特别有关系。而且"过了十七岁,在男女白日梦里,恋爱和婚姻便是常见的题目了;女子在这方面的发展比男子略早,有时不到十七岁。白日梦的婉转的情节和性爱的成分,虽然不容易考察,但它在青年男女生活里,是一个很普遍的现象,尤其是在少女的生活里,是无可怀疑的"。"白日梦和性的贞操有相当的关系,大抵守身如玉的青年,容易有白日梦"[1]。

他又说这一类的梦境,会有许多的意象拉杂连缀而成,然后就会"达到一个性爱的紧要关头,这紧要关头是什么,就要看做梦人的知识与阅历的程度了;也许只是接一个吻,也许就是性欲的满足,而满足的方法可以有各种不同的细腻程度……"[2]。

这与杜丽娘"惊梦"的情节、心理活动,有着多么逼真的相像之处和惊人的细节吻合!蔼理士的科学理论,是在做了大量的人类生活现状的深细考察和分析研究,参考了大量的人类学文献而作出的。汤显祖却早在毫无现代科学知识背景的中国明代,在继承了前人旧话本和传奇故事的基础上,以自己对人的情感的纯粹性洞识和诗意化创造,极其真实、细腻而形象地再现了人的自然性心理。以梦幻的形式,"恍

---

[1][2] 蔼理士著,潘光旦译:《性心理学》,三联书店1987年版。

惚而来，不思而至，怪怪奇奇，莫可名状"地绝妙地再现了在重重压抑之下人的本能冲动，是如何以曲折隐晦的形态得以释放、宣泄和缓解的。

在这里，最难得的是杜丽娘的内心意识流动，在朦朦胧胧，虚虚实实，真真假假，似梦似醒中，推动着剧情的发展、变化和节奏起伏。如写她在梦中欢会后：

> （旦）秀才，你可去呵？……（生）姐姐，你身子乏了，将息，将息。（送旦依前作睡介）（轻拍旦介）姐姐，俺去了。（作回顾介）姐姐，你可十分将息，我再来瞧你那。"行来春色三分雨，睡去巫山一片云。"（下）（旦作惊醒，低叫介）秀才，秀才，你去了也？（又作痴睡介）……

此刻的柳梦梅，还只是杜丽娘睡梦中的幻影，但在她梦里两人的缠绵依恋，随着她潜意识的错综活动仍在真切地持续着，直到她的母亲杜夫人走进了闺房："夫婿坐黄堂，娇娃立绣窗。怪他裙钗上，花鸟绣双双。孩儿，孩儿，你为甚瞌睡在此？（旦作醒，叫秀才介）"杜丽娘从睡梦中醒来，口中仍是叫着"秀才"，被母亲惊问，才蓦然惊起："奶奶到此！"美梦骤然断裂，食髓知味，已被唤起了生命情欲本能的杜丽娘接下来才会恍然若失，继而步入了寻寻觅觅、苦苦纠缠那梦影梦魂的阶段。

《寻梦》

《牡丹亭》的梦幻形式，给人类深藏的潜意识愿望，创造了多么细微精致并与之同构共鸣的审美画面，也正因此才会如此地动人心魄，令人荡气回肠。

二、入死而生：奇幻震撼的情爱之旅

1. 灿若霞披花骄旎：由欲而情的"真"情光华

晚明社会，城市经济进入了相对发达时期，中上层人们追求生活上的享乐侈靡、放纵情性。加上王学多年的强劲影响，士林中人率性任情，追逐声色娱乐，着意标榜个性，处处与传统反着劲儿来的流风更盛。所以后来有史家称当时是"天崩地解的时代"。当年"公安三袁"之一的袁宏道，在一次致友人书里，提出了人生应有的"五快活"，足以代表那时文人希冀解放身心、放浪形骸、尝遍人生"真滋味"的心态：

> 然真乐有五，不可不知。目极世间之色，耳极世间之声，身及世间之鲜，口极世间之谭，一快活也。堂前列鼎，堂后度曲，宾客满席，男女交邂舄，烛气熏天，珠翠委地，金钱不足，继以田土，二快活也。箧中藏万卷书，书皆珍异。宅畔置一馆，馆中约真正同心友十余人，人中立一识见极高，如司马迁、罗贯中、关汉卿者为主，分曹部署，各成一书，远文唐、宋酸腐之陋，近完一代未竟之篇，三快活也。千金买一舟，舟中置鼓吹一部，妓妾数人，游闲数人，泛家浮宅，不知老之将至，四快活也。然一生受用至此，不及十年，家资田地荡尽矣。然后一身狼狈，朝不谋夕，托钵歌妓之院，分餐孤老之盘，往来乡亲，恬不知耻，五快活也。士有此一者，生可无愧，死可不朽矣。若只幽闲无事，挨排度日，此最世间不紧要人，不可为训。①

---

① 《袁宏道集笺校》上册卷五《龚惟长先生》，上海古籍出版社1981年版。

这五种"真乐"说的便是，一生吃喝享乐，尽兴吹拉弹唱，日日宾客满堂，男女放荡交舄；或千金买舟，浮泛湖上，丝竹管乐，携妓优游，不知老之将至；又或馆聚同心挚友，傍万卷书，极世间之谭，完一代未竟之篇。而如此的逍遥快活，末了必是金钱荡尽，朝不保夕。到那时手托饭钵于歌妓之所，吃一口施舍给孤老的饭，在往来的乡里乡亲间，仍能靦着脸瞎乐呵，这也是人生一乐。袁宏道认为，这五种乐，哪怕只享受了其中的一项，也就不虚此生了。世间最不足论的，就是那种僵化本分，一板一眼地在无聊中挨度时日的人。

文人们用生命本能的欲求和避世哲学，来对抗盛行了千年的名教，去解脱绑缚他们身心已久的名缰利索。他们以激烈放浪的言行，去试图冲破长期以来封建伦理道德和理学的禁欲主义对人性的制锢，情欲的放纵，也正是其中之一。便是张翰在《松窗梦语》中所说的："世俗以纵欲为尚，人情以放荡为快。"

由此也可见晚明社会极开放的一面。

而戏曲又是当时社会流行的大众娱乐消遣方式，所以当时汤显祖的《牡丹亭》，以及其他作家、戏曲家的作品里，畅写男女风月、男女之情，对情欲性爱的追求和渲染等等，大都属于一种时尚的甚至带有前卫性的文学和文艺风气。当然在当时封建卫道士的眼里，在封建正统势力看来，这都是一些有伤风化的"淫戏"、"淫书"，有的更是一向被统治阶层定为了"禁书"，明令禁止在民间刻印，传播。早于《牡丹亭》的王实甫《西厢记》，在性爱描写方面更为直白。而在《牡丹亭》前后出现的戏剧里，如梅鼎祚的《玉合记》、高濂的《玉簪记》、吴炳的《画中人》、孟称舜的《娇红记》、范文若的《梦花酬》等，这些表现男女相恋的各种传奇故事里，男女相悦，突破法礼约束，无媒而合，文笔香艳等，这几项都是必备的元素。而对自然情欲的表现，则几乎成了叙事的共同焦点。这也正是时代的某些特征在戏曲中的折

105

痴情穿越

浪漫唯美
《牡丹亭》

WEN

HUA

ZHONG

GUO

射。如高濂的《玉簪记》里，写大家闺秀陈妙常为避战乱，到了金陵女贞观为女道士，在道观与前来投亲的落第书生潘必正偶遇。二人互通情愫，成其好事。剧中直白地描写了她对性的渴望："非痴，我青灯愁绪，听黄昏钟磬，夜半鸡寒，孤衾独抱，未曾睡先愁不寐。相思，静中一念有谁知，欲火炎遍身难制。把凡心自咽，只少个萧郎同并，彩凤同骑。"① 孟称舜的《娇红记》，情节上模仿了《西厢记》，娇、红分别是指小姐和丫鬟，只是那俏情郎，还有一个与之情密的妓女恋人。剧中人物性心理的刻画，则细微动人。范文若的《梦花酣》，也是写了男主角与三个女人的纠葛和情感故事，枝蔓错综，其中有着对人物性的睡梦、自动恋等表现。郑元勋在《梦酣花题词》中说，"《梦酣花》与《牡丹亭》情形略同，而诡异过之"。② 还有别号"梅癫道人"周履靖的《锦笺记》，写足了才子"拈花弄月"、"倚玉偎香"的风流情态。

这些作品，多数肯定了人的情欲出自于自然本性，尤其是强调了女性情欲的正当合理性，指出了男女情爱在人们生活中具有的重要地位，称扬了人们对个人自由和幸福的勇敢追求。

另外像张琦的《白雪楼五种曲》，还有《金钿盒》、《灵犀锦》等戏剧，极力去迎合市民社会的低俗趣味，以"淫冶"为标记，过多地沉溺于对人感性情欲的露骨表现，一味地描写人物对情欲、异性无所顾忌的追逐和玩弄，反映了晚明文学里一种全然摒弃了艺术审美的堕落粗鄙的趣味。

都是描写男女之间的情爱故事，拿《牡丹亭》与《西厢记》相比，与上述同时期里优秀的作品最大的不同就是：《西厢记》里的莺莺对张生，是由"情"到"欲"，是先有了那"倾国倾城貌"与"多情

---

① 毛晋《六十种曲》第3卷，中华书局1990年版。
② 吴毓华主编《中国古代戏曲序跋集》，中国戏剧出版社1990年版。

多病身"的互相吸引，而后两人欢会好合。后来的才子佳人戏，也多是模仿或追随了这一男女情爱模式。而《牡丹亭》里的杜丽娘对于柳梦梅，却是由"欲"而"情"，是在对天然人性、人欲肯定的基础上，去追求实现那至真至深的理想爱情。

正是章培恒从《牡丹亭》里所看到的，"杜丽娘并不是先爱上柳梦梅，才有冲破'男女之大防'的选择，而首先是难耐青春寂寞，由自然涌发的生命冲动引向了与柳梦梅的梦中幽会，恣一时之欢，由此蕴育了生死不忘之情"。①

《惊梦》作为全剧的核心，是对人自然的性爱欲望的真切揭示和描绘。汤显祖在此试图以明晰的态度向人们表明："欲"和"性"，才是"情"的基础。在全剧中，有关性的描写是情的底基部分，也是与之不可分割的人性主体体现；情又是性的升华，是被天然爱欲激活了的生命灵性所产生的真情、至情。在杜丽娘，便是实现了有着明确自我意识的身体和感情需要的真爱深情。所以在《牡丹亭》里，欲和情，是和洽地融合在一起的，性和情，都被作者糅合在了他的真情——"至情"的生命概念里。其实质便是关注最本真的人性状态，表现人的本真存在，反映人的生命意识挣脱了社会压抑的自由和激畅。这正是汤显祖的卓绝才华令《牡丹亭》放射出独特光芒。

《西厢记》的最后一折［清江引］唱词里，清晰地表达了它反封建礼教的主题思想："愿普天下有情的都成了眷属。"《牡丹亭》显然也是秉承了这一主题思想，但是它在新的时代条件下，对此有了更深刻的创新和开掘。汤显祖在《牡丹亭》的题词里，提出了他的"情至"说：

　　情不知所起，一往而深，生者可以死，死可以生。生不可与

———————————

① 章培恒，骆玉明《中国文学史》，复旦大学出版社 1996 年版。

107
痴情穿越
浪漫唯美
《牡丹亭》

WEN

HUA

ZHONG

GUO

死，死而不可复生者，皆非情之至也。梦中之情，何必非真。天下岂少梦中之人耶？必因荐枕而成亲，待挂冠而为密者，皆形骸之论。

他强调了自己所描写的情之深、情之至从而穿越生死的力量，世人也多将对此话的理解，是停留在了"人们相爱的深情是可以超越时空，不可阻挡"的层面。实际上他后面的"梦中之情，何必非真"和结尾的"皆形骸之论"语，这两句话也很关键。他的意思是，若只是论男女相爱的梦寐以求之情，这满天下多了去了，"天下岂少梦中之人耶？"而他的杜丽娘形象所表现的，是生死不能灭、一往而深的那么一股子劲儿，那么一股子生命里的精气神儿，所以说这是一种由人本身而起的、人所独有的无所不达的"至情"。这至情，便在杜丽娘对待情与爱的执着态度里，得到了充分的体现。而如果说，这里只有男女枕席之欢、良人弃仕追随等亲密之情，则都是不得真髓的浅表之见。

应该说《牡丹亭》里最奇异而又最具梦幻感的，还是杜丽娘的"寻梦"。尽管那梦里的柳书生，还只是个虚蒙的幻影，但是杜丽娘却不计虚实，"心内思想梦中之事，何曾放怀"。她恍恍惚惚，然而又真真切切地，开始了对梦中之情的朝暮思恋，苦苦追寻。"昨日所梦，池亭俨然。只图旧梦重来，奈其新愁一般"。以下是杜丽娘在"寻梦"里雅丽幽艳的几段唱词：

[懒画眉] 最撩人春色是今年，少什么低就高来粉画坦，原来春心无处不飞悬。睡荼蘼抓住裙衩线，恰便是花似人心好处牵。

[前腔] 为甚呵，玉真重溯武陵源？也则为水点花飞在眼前。是天公不赍买花钱，则咱人心上有啼红怨。咳，辜负了春三二月天。

[月上海棠] 怎赚骗，依稀想象人儿见。那来时茌苒，去也迁延。非远，那雨迹云踪才一转，敢依花傍柳还重现。昨日今朝，

眼下心前，阳台一座登时变。

[江儿水] 偶然间心似遣，梅树边。这般花花草草由人恋，生生死死随人愿，便酸酸楚楚无人怨。待打并香魂一片，阴雨梅天，守的个梅根相见。

不过昨日今朝，犹如眼下心前，依稀想象人儿见，却阳台瞬间恍变，什么都是虚幻。"牡丹亭、芍药栏，怎生这般凄凉冷落，杳无人迹？好不伤心也！"她情怅然，泪暗悬，她在那园里子子独行，寻寻觅觅，这不就是那幽会的地方吗？"霎时间有如活现"，面对寂凉亭园，她情殷切切，问自己，问苍天，满腔情愫，无以脱解：

[玉交枝]（泪介）是这等荒凉地面，没多半亭台靠前，……明放著白日青天，猛叫人抓不到魂梦前。……要再见那书生呵。

[前腔]（旦）春归人面，整相看无一言，我待要折，我待要折的那柳枝问天，我如今悔，我如今悔不与题笺。

对于杜丽娘来说，梦中的天地，才是美的世界，是有着"千般爱惜、万种温存"的真情的世界；梦醒以后的世界，则是荒凉冷寂、难以忍受的。所以她痴痴幻幻，去追踪寻梦。经此一梦，她原本荒芜空白的情感世界，开始闪烁妙丽朦胧的霞光花影，她的心理也发生了巨大的变化。

她反复纠缠，一心要印证梦中的情境，而此刻的柳梦梅对她来说还只是个梦影，并非真实的人。那么杜丽娘要去寻找的，其实就是她在梦里偶然发现的生活的美，也是要寻找她在现实生活里所没有的、被压抑了的"爱"和"被爱"，要去寻回她在官邸深闺里被漠视的青春和被剥夺的生之自由。

是春天里美妙的性爱幻梦，叩响了杜丽娘此前封闭的心扉，同时也浇灌和培育了她生命的灵性。杜丽娘向着面前虚无空旷的世界，追索，质询，对于纯真之美的恋栈，让她交付出了自己纯洁炽烈的一片

痴情穿越

浪漫唯美
《牡丹亭》

WEN

HUA

ZHONG

GUO

真情。

2. 生乃可伤情难诉：情到极处的决绝之美

[前腔] 为我慢归休，缓留连。（内鸟啼介）听，听这不如归春暮天，难道我再，难道我再到这庭园，则挣得个长眠和短眠。

寻觅不得，留连反顾的杜丽娘，在徒然的渴望与追寻中，心下明白，在现实生活里，她无法获得那种销魂的美，那种令人沉醉的爱，而自己心中激烈涌动着的，那"不知其所起，一往而深"的至真至纯的情感，也无从表达，无处表达。她深深地问自己，难道我只有在那短暂的睡梦里，或者是在那永久长眠的冥间，才能重新回到那鲜美馨香的庭园之梦吗？

杜丽娘的梦和醒，实际代表了理想和现实的尖锐冲突。梦境与现实的鲜明反差，梦境与真实生活中横亘的，犹如两个不同时空之间无法逾越的巨大沟壑，使得欲寻梦境的杜丽娘，情绪上思想上苦闷至极，"寝食悠悠，顿成消瘦"，自感对什么都是"心懒意乔"：

[刷子序犯]（旦低唱）……怎划尽助愁芳草，甚法儿点活心苗！真情强笑为谁娇？泪花儿打逆着梦魂飘。

杜丽娘追求理想生活的热烈而执着的情感，使她无以排解的愁绪，像春天的芳草般无法抑制地疯长；她年轻鲜丽的生命烛火，在内心情感的折磨噬蚀下一点点地委顿、消融。正是"情至极处，唯有一死"[1]。她没有选择死亡，在极致的情感煎熬下，她的心在挣扎，她的身体拒绝与现实妥协，她终于决绝地一步步走向了死亡。"拜月堂空，行云径拥。骨冷怕成秋梦。世间何物似情浓？整一片断肠心痛！"（《闹

---

[1] 《吴吴山三妇合评牡丹亭还魂记》《杨葆光评点》，同治庚午重刊，清芬阁藏版。

殇》）

《写真》一出里，恹恹成病的杜丽娘揽镜自照时，不禁震惊地悲叹道："哎也，俺往日艳冶轻盈，奈何一瘦至此！若不趁此时自行描画，流在人间，一旦无常，谁知西蜀杜丽娘有如此之美貌乎！"她在病中自画春容，为自己细细描绘了一幅画像：

《写真》

111

痴情穿越

浪漫唯美
《牡丹亭》

WEN

HUA

ZHONG

GUO

［雁过声］（照镜叹介）轻绡，把镜儿擘掠。笔花尖淡扫轻描。影儿呵，和你细评度：你腮斗儿恁喜谑，则待注樱桃，染柳条，渲云鬟烟霭飘萧；眉梢青未了，个中人全在秋波妙，可可的淡春山钿翠小。

［倾杯序］（贴）宜笑，淡东风立细腰，又似被春愁著。（旦）谢半点江山，三分门户，一种人才，小小行乐，捻青梅闲厮调。倚湖山梦晓，对垂杨风袅。恁苗条。斜添他几叶翠芭蕉。

画像中好个美人儿：眉似远山笼翠，眼若秋波含情，鬓发如云，樱唇温润，手捻象征爱情的青梅，明妆俨雅，仙佩飘飘，袅袅娜娜立于湖山石旁，垂杨树下。

杜丽娘一边对镜画像，一边不胜爱惜地自我欣赏，"（旦喜介）画的来可爱人也"。她为画出了自己的俊丽容貌而高兴，但转念又为自己伤心："（放笔叹介）春香，也有古今美女，早嫁了丈夫相爱，替她描模画样；也有美人自家写照，寄与情人。似我杜丽娘寄谁呵！"

在悲悲喜喜中，她将自己的梦幻之情告知了春香："花园游玩之时，咱也有个人儿。""小姐，怎的有这等方便呵？""梦哩！"——正

可谓"情不知所起，一往而深"，但在现实中却并没有可以寄托的对象，这正是杜丽娘最深刻的悲哀。她情知是梦，还恋念不已地想起梦中书生曾折柳枝相赠，此时仍痴想："此莫非他日所适之夫姓柳乎？"遂在画像上题诗一首："近睹分明似俨然，远观自在若飞仙。他年得傍蟾宫客，不在梅边在柳边。""飞仙"句既是杜丽娘对自身美貌的自况，亦抒发了她对自由之美的憧憬；末尾两句，则寄托了她对人世间的最后一点幻想。

在爱的火焰即将燃尽生命时，杜丽娘不甘心自己年轻的生命毫无声息地从世间消失，她精心描绘了这幅栩栩如生的自画像，要留于世人流传鉴赏。这固然是出于作者对作品情节安排的需要，同时也更是人物性格逻辑的自然发展和审美艺术之境的高度显现。从现代心理学的角度来看，杜丽娘的自我"写真"，反映了她自我思慕式的"影恋"的性心理特征。蔼理士说："'影恋'或称为'奈煞西施现象（Narcissism），是自动恋的一种"[1]，主要表现为人将其性的情绪倾泻到自我赞美的行为中，并被自我赞美的活动所吞并。所以这一现象又被称为"自动而孤独的性现象"[2]。

这个潘光旦当年《性心理学》译本中的"奈煞西施"，是著名古希腊神话传说中美少年的名字，现在多被译为"那喀索斯"。那喀索斯是古希腊的一个异常青春俊美的牧羊少年，他的身材如刚长成的小白桦树一般清新挺拔，他的金色头发闪耀着太阳的光辉，清澈的蓝色眼睛散发着宝石的光彩。当他说话的时候，鸟儿会停止歌唱，当他走过的时候，人们会因他屏住呼吸。少女们因他脸红心跳，连飞禽走兽也会停下而为他让路。那喀索斯，整个希腊最俊美的少年，却对自己的青春美貌一无所知。他对一切视而不见，听而不闻，他的心中不知美

[1][2] 蔼理士著，潘光旦译：《性心理学》，三联书社1987年版。

为何物，爱为何物。直到那么一天，那喀索斯在山谷中游荡，羊群在山谷的草地上悠闲地吃草，他坐在水边，无意中看向水里，立刻被水中的景象惊呆了：水中那个金发碧眼、唇红齿白的少年是谁？那个美得令人屏住呼吸的人儿，他到底是谁？他发现水中的少年和他一样嚅动着嘴唇，微皱着眉头，却没有回答他。那喀索斯笑了，水中的少年莞尔展颜，艳若娇阳，倾国倾城。从此，那喀索斯再也没有离开水边，他痴迷着水中自己的影子，从此感受不到春夏秋冬，风声鸟鸣，变成了长坐水边，临水照花的神。

那喀索斯最终发现和迷恋上了自己的美，他孤傲地欣赏着、守护着水中自己最美的投影。

这种临水照花，顾影自怜自赏的人格心理特征，后来不但被蔼理士等心理学家，用来作为探察和指称人类的性心理奥秘，同时作为了某种精神现象甚至病态特征的专有参照名词，也被人们用来比喻和形容那些有着独特的极美才华，又有某种高傲和孤独气质的人，或是艺术形象。比如胡兰成便说张爱玲是民国的临水照花人。再看现代女作家萧红，也有着一种"临水照花"的气质，而《红楼梦》里"多才多情貌，多愁多病身"的林黛玉，令人们欣赏叹怜的她那份骨子里的高洁孤傲，也正是其个性气质里魅力无限的一部分。

《牡丹亭》里，杜丽娘在寻梦之后的画像写真，便是这种"影恋"心态的真实写照。然而，这又不仅只是反映了她极其寂寞孤伤中的一种自我心理补偿，极端情感缺失下的一种自我替代，也是她的个性意识执着追求的延续和深化。此时的杜丽娘唱道："［普天乐］可甚的红颜易老？论人间绝色偏不少，等把风光丢抹早。"其中都是不满和讥讽：为什么人说红颜易老？人间有多少美女呵，都被耽误了青春风采好时光，所以呵，都是很早地就容颜衰败了。

画像其实又是一种心灵镜像。客观的物体只存在唯一真实的形象，而画像如同镜中像，则会在不同的时间、不同的角度、不同的光线下产生不同变化的美，会幻映和透露人心中的一切欲念和感觉，乃至人生的孤独和悲哀。这种种，表面看上去是源自于画像（镜像），实质上则源于禅宗讲究的所谓"以心传心"，心灵的感悟。所以画像在某种意义上，又是人的心灵之镜。这一点，《牡丹亭》对此有着敏感的发掘和表现。而在这"写真"一节里，在杜丽娘画像的描写里所关涉到的，同时也是借取了它的情节和素材的唐人传奇小说《画工》，也是一个幻美的关于画像的故事。

《画工》载于《太平广记》，写唐代进士赵颜，一日在一个画工那儿得到了一幅帛画，上面活灵活现地画了一个非常年轻美丽的女子。赵颜看后对画工说："世上就没有这样美的人，如果她能变成真人，我就娶她做妻子。"画工说，他的那幅画是神画，上面的美人也有个名字，曰"真真"。他让赵颜"呼其名百日，昼夜不歇，即必应之。……"赵颜遵其所说，"遂呼之百日，昼夜不止。乃应曰'诺'。"画帛上的真真果然活了，从挂在墙上的画里走出来，"下步言笑，饮食如常"，高高兴兴地做了赵颜的妻子。只是后来赵颜误听人言，对真真起了猜疑之心，真真遂毅然离去，重新回到画帛上，又变成了画中人。这《画工》里的真真画像，便是世人也是仙人（真真为南岳仙子）的镜像。

杜丽娘为自己画像，笔情墨韵中，无不溢满了她的心声。她说："三分春色描来易，一段伤心画出难。""这春容呵，似孤秋片月离云峤，甚蟾宫贵客傍的云霄？……则怕呵，把俺年深色浅，当了个金屋藏娇。虚劳，寄春容教谁泪落，做真真无人唤叫。"画像如镜花水月，幻化交织了她的过去、现在和对未来的想象。里面有她痴痴的自我欣赏，有她反复的缠绵感伤，情至深处，她的心已与画魂合而为一，在情思迷离中，仿佛正追随岁月而去。她的心在看着这画中美人，自问

道：会有什么样的青年才子配得上这般美人儿？可莫让那日子久了使花容消褪，枉做了那画上的真真却无人理会。用心血绘就的画像如镜像的折射，里面的丽娘更纯粹、更痴情、更美丽，也更执着。她少女怀春、思春、怨春又盼春的心思情肠，真是千回百转，无止无休。

此刻她的这份痴情和美，这其中含蕴的无限留恋和向往，因为没有人懂得，在表面的风平浪静下，又蕴藏了多少爱的需求，蓄积了怎样难以宣泄的郁结。生命此时对于她来说，恰如李贽所言，"死不必伤，唯有生乃可伤耳。"现实与梦幻、情感与礼教的格格不入，使情至极处的杜丽娘，苦苦怀想成疾，在中秋之夜，盼着"怎能够月落重生灯再红"，伤春而逝。

即便是知道自己将"残生今夜雨中休"，情至极处的杜丽娘，对自我意志的坚持和守护，仍然是绝不言弃。临殁之际，她要求母亲："这后花园中一株梅树，儿心所爱，但葬我梅树之下可矣。"还是念念于"待打并香魂一片，守的个梅根相见"。她又叮嘱春香，将她的画像盛在紫檀匣里，埋于太湖石底："有心灵翰墨春容，傥直那人知重。"奄奄一息的她，仍心怀希冀：倘或那画儿碰到了那知心爱重的人儿？可见她生生死死，只是咬住了一个"情"字不放。正是王思任所说："若士以为情不可以论理，死不足以尽情，百千情事，一死而止，则情莫有深于阿丽者矣。"[1]

世界上的百千情事，往往一死而止。而杜丽娘之事，却不是可以用常理来考量和羁系的，也不会因为死而磨灭，而终结。杜丽娘不是为现实中的爱情而死，而是为虚幻的梦中之情爱，为自己的天性之情而亡。这种生死不渝的真情，正是杜丽娘性格中的最光辉之处，也正是汤显祖"情至论"的核心精神。

---

[1] 王思任：《批点玉茗堂〈牡丹亭〉叙》。

痴情穿越
浪漫唯美
《牡丹亭》

WEN

HUA

ZHONG

GUO

杜丽娘的由欲而情，是因人的自然天性发而为情，而不是随意的纵性。

陈寅恪曾这样论述《牡丹亭》之杜丽娘"至情说"："情之最上者，世无其人，悬空设想，而甘为之死，如《牡丹亭》之杜丽娘是也。与其人交识有素，而未尝共衾枕者，次之，如宝黛等，及中国未嫁之贞女也。又次之，则曾一度枕席，而永久纪念不能忘，如司棋潘又安，及中国之寡妇是也。又次之，则为夫妇终身而无外遇者。最下者，随处结合，惟欲是图而无所谓情矣。"① 像杜丽娘因情而亡这样炽热而不幸的爱情故事，永远打动人心的深刻意义在于，它表现的不仅仅是一个人孤立的感情和痛苦，而是整个时代的感情、憧憬和痛苦，也是人类共有的激情和痛苦。所以杜丽娘的情殇，会令明清时代的无数"有情人无不唏嘘欲绝，恍然自失"②，"使同心人齐声一哭"③，尤其是在大批的女性群体中，产生了那样深巨的、绵延不绝的反响，是举世罕见的。

在世界经典文学中，也有不少这样对自然美敏感，以热烈的感情去拥抱理想、以身追梦的悲剧人物。比如莎士比亚《哈姆雷特》中的奥菲丽亚，一个极为纯真痴情的姑娘，就是因为怀着失去了哈姆雷特爱情的剧烈痛苦，以致于精神失常。她一袭白衣，头发上戴着美丽的花冠，漂溺在了浮满红色花瓣的河溪里。18世纪德国狂飙主义文学的代表——歌德《少年维特之烦恼》里的维特，他那样强烈地要求个性解放和情感自由，他对少女绿蒂的深切恋情，像凶猛的山火般狂烈地燃烧。这个"反叛的受难者"最终饮弹而亡。他对社会的叛逆和对爱

---

① 姜伯勤：《试论陈寅恪先生的〈牡丹亭〉之杜丽娘"至情说"》，《学术研究》2008年第6期。

② 《潘之恒曲话·鸾啸小品》卷3，中国戏剧出版社1988年版。

③ 《吴吴山三妇合评牡丹亭还魂记》《杨葆光评点》。

情的感伤，那焚身蹈火般的激情，折射了德国一个时代的精神，曾使得多少人如痴如狂。郭沫若早年翻译的《少年维特之烦恼》，在书卷之首，刊有《绿蒂与维特》一诗：

> 青年男子谁个不善钟情？
>
> 妙龄女人谁个不善怀春？
>
> 这是我们人性中之至圣至神；
>
> 啊，怎样从此中有惨痛飞迸！
>
> ……

3. 至情挚爱由死而生：个体意志的自由翱翔

"生生死死为情多，奈情何？"

为了情，杜丽娘生而可以死，死而可以生。

《牡丹亭》，剧本名字的全称是《牡丹亭还魂记》，可见在写作此剧时，对于杜丽娘还魂复活这个情节安排的重要主观用意。可以说，《牡丹亭》丰富炫丽的艺术魅力，在于它不但写出了杜丽娘为了自己的真情和自我独立意志而死，而且写了她在对自我意志的信心和坚执中死而复生。

只因"一灵未泯，泼残生，堪转折"。情死后的杜丽娘在冥界，并没有因为已化身为魂魄，就消弭了一腔真情，而是经历了死亡的炼狱，变得更加自信，更为主动。像吕天成在他的《曲品》中所说的，"杜丽娘事，甚奇。而着意发挥，怀春慕色之情，惊心动魄。且巧妙叠出，无境不新。真堪千古矣。"杜丽娘"为情而死生"

《玩真》

WEN

HUA

ZHONG

GUO

的整个历程真正是离奇跌宕，曲折多变。剧中《冥判》、《玩真》、《魂游》、《幽媾》、《冥誓》到《回生》等各出戏段，天上地下，虚虚实实，超逸的意象，现世的情怀，奇幻幽渺的人鬼相恋，超越死生的灵魂翱翔，接连创造了充满感伤之美、追求之美，情爱之美和理想之美的一个个瑰奇意境，教人从中看到了杜、柳之间唯情唯美之爱情奇花的渐次绽放，终至完满。

《冥判》一出中，地狱里负责发落鬼魂的胡判官见了她后，惊叹她的美貌："猛见了荡地惊天女俊才"，"你润风风粉腮……笑微微美怀，住秦台、楚台？因甚的病患来？是谁家嫡支派？这颜色不象似在泉台。"说其如此娇媚容颜，不像是已逝于九泉之下的人，诘问因何病身亡。当听到杜丽娘从容回答自己是因慕色而亡后，阎罗判官连连质疑："谎也。世有一梦而亡之理？"杜丽娘却并没有因此而退缩，她进一步直承内心，请那判官帮她查找自己情梦的来龙去脉，再打听一下是否真有那么一个姓柳还是姓梅的情郎。结果在那姻缘簿上一查查出了个柳梦梅来，"此人和你有姻缘之分"。于是杜丽娘被放出了枉死城，她的一缕游魂从此游荡于幽冥之际，出入于阴阳两界，去寻找她真正的爱情。

作者在《牡丹亭》卷首题词中曾说："人世之事，非人世所可尽。自非通人，恒以理相格耳！第云理之所必无，安知情之所必有邪！"

也就是说，人世间的事，并非是人世间真正能将它完全弄明白的。既然如此，就不能事事都拿常理儿去衡量，去规范，而不管它是不是符合人的内心感情。就拿杜丽娘死而复生这件事来说，若一定要说这是按照常理儿断不可能发生的事儿，又哪里知道这是在人的至情中是必会有的呢！从这里便可以看出，汤显祖要反对的，就是当时程朱理学的"恒以理相格"——动不动就要拿"理"来说事儿。他最想要去破除的，便是惯常以"理"去抑制人们"情"的封建学说，它让人生

在世，处处受限，情郁于心，更是五脏六腑不得通畅。

汤显祖通过戏剧艺术来表达他的思想，而杜丽娘幽溟跌宕的情史，便是这"理无情有"最鲜明的回答：

> 天下女子有情，宁有如杜丽娘者乎！梦其人即病，病即弥连，至手画形容，传于世而后死。死三年矣，复能溟莫中求得其所梦者而生。如丽娘者，乃为有情人耳。（《牡丹亭题词》）

话说那剧中的杜丽娘从地府来到世间，"泉下长眠梦不成，一生余得多少情。魂随月下丹青印，人在风前叹息声。"暗夜花影初更间游荡的杜丽娘鬼魂，一夜来到了南安府后花园梅花庵，睹物伤情："爹娘何处？春香何处也？"她为了留下一点印记，将梅花撒在那庵里祭奠她的经台上，竟然听到了一个男子在那边厢里声声叫着"姐姐"、"美人"。如此连续几个夜晚后，她悄悄靠上前去，原来那男子在面对她的画像，"高声低叫：'俺的姐姐，俺的美人。'那声音哀楚，动俺心魄"。一曲惊天动地的人鬼恋，就此便拉开了帷幕。

受到感动的杜丽娘翩然而至，应了柳梦梅的呼唤。她认准了这就是那个折柳书生，积蓄已久的感情奔泻而出，她决意要"趁此良辰，完其前梦"。她主动与柳梦梅幽媾，"秀才，且和俺点勘春风这第一花。"她大胆而热烈，夜夜前来幽会，唯愿两情欢幸，两情相守：

"妾千金之躯，一旦付与郎矣，勿负奴心。每夜得共枕席，平生之愿足矣。"

身为鬼魂的杜丽娘的真性情不再受什么约束，没有任何清规戒律能够阻挡她，束缚她。她得到了尽情地展现。在《冥誓》一折中，当她百般盘问，确认了柳梦梅的真心诚意后，便决定向其和盘托出底细，告知自己"虽登鬼录，未损人身。前日为柳郎而死，今日为柳郎而生"。道明了身份，郑重地托付柳梦梅掘坟开棺助她还阳为人。嘱他："休残慢，须急节。俺的幽情难尽说。"剧中此时鸡鸣风起，（旦急

《幽媾》

下），两人分开。到此又有这样一段生动的描写：

（旦又上介）衙内还在此？（生）小姐怎又回来？（旦）奴家还有丁宁。你既以俺为妻，可急视之，不宜自误。如或不然，妾事已露，不敢再来相陪。愿郎留心，勿使可惜。妾若不得复生，必痛恨君于九泉之下矣。

[尾声]（旦跪介）柳衙内你便是俺再生爷。（生跪扶起介）（旦）一点心怜念妾，不著俺黄泉恨你，你只骂的俺一句鬼随邪。（旦作鬼声下，回顾介）

　　只见那杜丽娘去而复返，叮咛再三，短短几句话，在极为细腻的情感活动里，也可见出人物至性至情的品格。臧懋循对此感叹："旦已落场重上，直为情致使然，世谓临川非有情人，予不敢信。"

　　常言人鬼殊途，但这里是情浓意蜜相交织的人鬼之恋。对于化成了鬼魂后的杜丽娘来说，柳梦梅，这个原本虚幻的梦中情人，成为阳世里的真实的情郎。王思任曾以"痴"字来点评柳梦梅的形象，应该是比较中肯地概括了这个人物身上"生而有情"的理想主义色调。在人鬼恋中，柳梦梅对杜丽娘是由"妙赏"而生情，以真情去相待，终至于以"至情"相恋相随。

　　柳梦梅本是从岭南赴京赶考，途中生病，才滞留于南安，被陈最良收留在杜府后花园梅花庵里住下。他闲来无事园中游逛，所以才在湖边拾到了杜丽娘的画像。画中的美人他依稀似曾相见，更对她的美丽和才华赞不绝口，那"春心只在眉间锁，春山翠拖，春烟淡和。……恁横波，来回顾影不住的眼儿瞅。""含笑处朱唇淡抹，韵情多。

如愁欲语，只少口气呵。小娘子画似崔徽，诗如苏惠，行书逼真卫夫人。小子虽典雅，怎到得这小娘子！"他与画中人只觉四目相看，恍如心通，将画像早晚玩之、拜之、叫之、赞之。"好不回盼小生！""小姐小姐呵，则被你有影无形看杀我。"

柳梦梅对杜丽娘画像的"玩真"，其实就是冯友兰所指出的"妙赏"。冯友兰说："凡美都涵有主观的成分，这就是说，美涵有人的赏识，正如颜色涵有人的感觉。离开人的赏识，不能有美……真风流底人，必须有妙赏，所谓妙赏，就是对美的深切底感觉"①。

由此看来，柳梦梅的确是因通过对杜丽娘的美的妙赏，而对她产生了情愫，从而像那唐代书生叫画像里的真真一样，要日夜向着杜丽娘的画像召唤，哪怕是把嗓子喊破了，只要那画上的美人懂得他的

121

痴情穿越
浪漫唯美
《牡丹亭》

WEN

HUA

ZHONG

GUO

《欢挠》

心："向真真啼血你知么？叫的你喷嚏似天花唾。动凌波，盈盈欲下……"已然是痴情横生。在"幽媾"和"欢挠"两场戏里，杜丽娘鬼魂暮雨而来，晓风而去，与柳梦梅两情相悦，尽兴欢爱。

　　细哦，这子儿花朵似美人憔悴，酸子情多。喜蕉心暗展，一夜梅犀点污。如何？酒潮微晕笑生涡。待噙着脸恣情的鸣嚷，些儿个，翠偎了情波，润红蕉点，香生梅唾。

这首描绘歌咏杜柳欢爱情态和场景的旁白词曲，表现了这场人鬼恋的欢情，自然是"色"味浓郁，其柔艳热烈的阴柔之美，有情有画，

---

① 冯友兰：《论风流》，《哲学评论》1944 年第 9 卷第 3 期。

是歌也是诗。尤其是开头那一句，如抒情行歌起调时拉长了音节的低微吟哦，如同饱蓄了灼热情感的浪花正在青萍起于微末，整首词看来，其字音句韵上自然流动的天然而华丽的韵律，又给人以听觉上的冲击和期待。难怪明清人士赏鉴《牡丹亭》时，每每惊诧于汤显祖的艺术感觉和表现的无比细腻、深致。此小段仅只是吉光片羽，汤显祖可谓"是真名士自风流"也。

《回生》

柳梦梅初会杜丽娘时，私下里只认为自己是艳遇了一个神仙姐姐，从天上而来的女"娇娃"，情是有的，但多半只是倾慕加上欢喜的艳情。至《冥誓》里，他和杜丽娘的鬼魂对天盟誓结为夫妻，当他知道了眼前的丽人是鬼，不免先是一惊："怕也，怕也。"但面对着情殷切切的妻，他很快就克制了恐惧："你是俺妻，俺也不害怕了。"从此时起，到柳梦梅找了石道姑相助，冒着"大明律开棺见尸，不分首从皆斩"的性命风险，掘坟开棺救出了杜丽娘（《回生》），到二人双双为避泄露开棺事而"婚走"，柳梦梅为了他和杜丽娘的幸福奋不顾身，倾力而为，已是从"情痴"到了"情深"之境。

"为钟情一点，幽契重生"，经历了惊心动魄的起死而回生的杜丽娘，叹情丝不断，梦境重开。她感君情重："柳郎呵，俺和你死里淘生情似海。"正是战胜了阴阳相隔的赤诚生死之情，二人的身心得以真正地结合为一体，双宿双飞，共同成为了生死不渝、"至情"之爱的象征。

洪升曾说，《牡丹亭》"肯綮在死生之际，记中《惊梦》、《寻梦》、

《诊祟》、《写真》、《悼殇》五折，自生而之死；《魂游》、《幽媾》、《欢挠》、《冥誓》、《回生》五折，自死而之生。其中搜抉灵根，掀翻情窟，能使赫蹄为大块，蹏縻为造化，不律为真宰，摄精魂而通变之"①。

洪升此语，精辟地指出了《牡丹亭》剧情结构上的艺术特色及艺术精髓。"但是相思莫相负，牡丹亭上三生路"，杜丽娘因梦生情，伤情而死，又缘情复生。生死轮回，梦里梦外，亦幻亦真。真情、至情能够沟通幽冥，冲决生死。作品就是在这种生死转换中，赋予了至情、真情的个体意志超越死亡的神奇力量。

杜丽娘的转世还魂，是《牡丹亭》剧情的一个核心动力，人间与冥府、人与鬼神的浪漫神学构架，是《牡丹亭》情节建构的重要基础。鬼神文化，在人类文化中也是源远流长。中西方的许多文学经典、文艺作品中都加入了鬼神的元素。我们所了解的西方文学，鬼神最早大概出现在古希腊悲剧里，到了莎士比亚时代达到巅峰。中国的鬼神文化，则自先秦上古时代就开始出现。在《春秋》、《左传》、《穆天子传》、《山海经》、《楚辞》等先秦典籍里，都可见到关于鬼神的记载。春秋战国时代，先后有《礼记》、《归藏》和《黄帝说》等，在鬼神的记叙方面有了进一步的发展。而两汉到魏晋六朝，流行的各种志异、志怪小说如《异闻记》、《博物志》、《搜神记》等，使中国文化和文学里对鬼神色彩的渲染达到了高潮。唐代有传奇小说《独异记》、《古镜记》等，宋代有《太平广记》等，金元时代又有《潮海新闻夷坚续志》和《诚斋杂记》等，鬼神故事的河流一直在汩汩流淌。鲁迅针对明代出现的《封神记》（《封神演义》）、《西游记》等经典名著，提出了"神魔小说"的概念，冯梦龙的《三言二拍》里，也有若干人鬼相

_____

① 《吴吴山三妇点评牡丹亭还魂记·洪之则跋》。

123

痴情穿越

浪漫唯美
《牡丹亭》

WEN

HUA

ZHONG

GUO

恋、还魂复生的故事和情节。

汤显祖的《牡丹亭》，冥茫恍惚的人鬼缠绻，虚幻又生动的鬼神出没，臻于化境，堪称是中国文学里这种浪漫超越艺术构想的代表。而从情感指向特征来看，《牡丹亭》里勾人魂魄的人鬼恋故事和一些外国作品里的鬼魂故事，则表现出了明显的民族文化差异。

莎士比亚戏剧里，有着斑斓缤纷的鬼神精灵形象，但令人印象最深刻的，恐怕还是《哈姆雷特》里哈姆雷特的父亲——老国王的鬼魂。老国王的鬼魂有着强大的气场，在儿子面前出现时威严、慈爱、正直，又笼罩着不容置疑的复仇氛围。父亲仿佛从那阴暗天穹里发出复仇指令，一再地磨砺、强化着哈姆雷特的复仇意志，从而使他精神上的弦越绷越紧，自我主体在激烈的矛盾冲突中走向了分裂。

而当代美国赢得了奥斯卡最佳编剧奖的著名电影《人鬼情未了》，这部让所有看过的人都感动不已的经典爱情片，讲述了凄绝惊险的超越生死的爱情。男女主人公的隔世情缘，复仇的色调也同样是其中吸引人的亮点。冥界的力量，帮助被迫害的男主人公战胜了邪恶。功成以后，他却不得不同深爱的妻子最后诀别，隐身化入了天堂。——哈姆雷特父亲的灵魂也从来只是出现在深夜的天空，后来又在天上隐匿消失。

令人惊异的是，19世纪俄国屠格涅夫的小说《死后》，在所表现的人物和感情的某些方面，竟与《牡丹亭》有着许多相似之处。小说里写热烈追求纯真爱情的女演员凯莱拉，爱上了青年阿拉托夫。她冲动地写信约阿拉托夫幽会，在舞台上向对方大声地朗诵普希金的情诗，毫不掩饰自己的爱慕之情，两人之间却造成了误会，彼此十分尴尬。性格刚烈的凯莱拉气恼之下，服毒身亡。她死后，阿拉托夫才从别人那儿了解到凯莱拉对他的一片真情，他心中的爱情觉醒了，却已经为时太晚。他整日懊悔不已，神志恍惚。这时凯莱拉的幽灵来到了他的

眼前，在似睡似醒的梦一样的强烈幻觉中，阿拉托夫与情人实现了爱与情的身体结合。他在意识恍惚中这样对自己说："要同她在一起，也许我不得不死吧？……有什么大不了的？死就死吧。死，如今对我来说，一点也不可怕。恰恰相反，只有那样，只有在那边，我才会幸福……"在死亡的强烈意志支配下，阿拉托夫心脏病发作死去。

这篇小说的主题就是：爱情达到了极点，便能够超越生和死；为了爱，生者可以无所畏惧地去死。爱，超过了死。

这种爱的激情和疯狂，与汤显祖在《牡丹亭》里所说的"情不知所起，一往而深"，是何等地合辙与贴切。只是《死后》也好，《哈姆雷特》和《人鬼情未了》也好，它们都有着一种深刻的悲剧意识，又反映了一种宗教上的彼岸意识。它们追求的是人物精神的虽死犹生，一种精神上的不灭，对反映现实生活的艺术来说则是一种悲壮美。支撑这种美的宗教文化底蕴，是精神上的长明之炬，导引人向天堂。西方文学中也有复活母题，其脉络是以中世纪基督教神学为源头，具有新约色彩的"献身—升天—复临—救赎—永生"的故事为其终极主题。概括来看，西方文学有关人的这一母题中，始终回响着人对自我灵魂的拷问，而主导着这一切的文化心理动因，是对天国幸福与光明的执着与向往。

而在《牡丹亭》中，还有中国古代文学里多数还魂复生的故事里，都是主人公肉体生命的死而复生，这一点又在《牡丹亭》里表现得最显豁，也最具有神幻化。

前曾说过灵魂不灭、人鬼幽媾、还魂复生这类故事，一直被中国的历史典籍和小说戏剧所采纳，其宗教根柢就是佛、道两教的长期流播，令"轮回转世"、"还魂再生"之类的宗教信条和故事，一定程度上成了民间深固的信仰。《牡丹亭》的蓝本和题材，就是来自《杜丽娘慕色还魂》的宋代话本和六朝志怪中的灵异故事。汤显祖的独特创造，使其圆满地完成了对"至情"的艺术表现和哲理体认。

《牡丹亭》里，"为情而死"是悲，"为情而生"是喜，它同时凸现的悲喜剧意识，其中涵有了中国文学艺术审美传统的况味和特色，也鲜明地反映了作者的一种现世情怀。这种情怀，就是要"为情作使"，让杜丽娘在强烈的感情力量下死而重生，再世为人，以表达真诚情感对颓伤人生的力挽狂澜，无往而不胜；表达对自然的、自由幸福的人间生活的孜孜以求。所以说，杜丽娘的还魂再生，爱情终获圆满，是作者对中国传统文化和宗教信仰成功的艺术转化和创造，也是其时代文化性格的一次优异展示和个性彰显。

4. 自我的发现与坚守：杜丽娘爱情的现代元素

如果说《牡丹亭》里的杜丽娘，在现实中对自己的青春虚度极为不满，却又无法超脱那苍白的生活，只能在潜意识的梦中达成自己的愿望，那么整个《牡丹亭》，又是汤显祖的梦。他说自己是"因情成梦，因梦成戏"，所以说汤显祖又主要是通过剧中杜丽娘的形象，写出了他对社会现实的看法，表达自己的社会理想。

同时，凡是伟大的作品，优秀的人物形象，在作者忠实于生命和生活本质的天才描绘下，总会有某些超逸了作者意图的优异艺术含蕴，展现在阅读者面前；其本身的丰富性，在时间之河里，又会随时与后来的读者在不经意间，在时代意识的某个节点上相呼应，让人有着意外发现似的惊喜；字里行间，让现代人生出了几分与遥远古人声息相通的感慨。

《牡丹亭》里，杜丽娘异常曲折离奇而又缠绵动人的爱情故事，恒久地以一种力量的光辉，去唤起人们心底美好的情愫。关键还在于作品通过这个人物，如高尔基所说，把人身上最好的、优美的、诚实的也就是高贵的东西，用颜色、字句、声音和形式给表现了出来。那么

在杜丽娘身上或者说在她的爱情中，有哪些东西是最好的、优美的、诚实和高贵的呢？在今天看来，就是她的不屈服于命运、尊重自我、相信爱情、坚守自己的信念，这些人性中美好的品性，是她身上最为耀眼的闪光点。这也使她的爱情，在一定程度上超越了传统意识，而体现了人们常说的现代爱情婚姻的一些特征。

首先，杜丽娘的爱情，是以自然的、与柳梦梅平等对应的性爱为基础的。这是现代性爱情的第一个要素。

虽然杜丽娘在还魂复生之前，与柳生的性爱欢好，都不是发生在现世人间。然而正是在梦境和冥界，摆脱了礼教束缚的杜丽娘得以开放了她的身体，以梦魂之体，鬼魂之体，满足了她的天然欲望。同时，这又是她因欲而生情、由欲到情的第一步。在性梦里，她感受到了两情互悦时对方的"千般爱惜，万种温存"。杜丽娘梦醒后就一直牵牵恋恋那丰姿俊妍的柳生，她的爱情对象此时虽然是虚幻的，可她的爱情欲望已然被唤醒。做鬼魂时的丽娘，终于找到了阳间的柳生，她也正是因为有那前情在，所以"为俺催花连夜发，清风明月知无价"，毫不犹豫地自荐枕席，并且夜夜花影云遮下，前往相会。

不仅杜丽娘是如此，柳梦梅也是在人鬼幽媾后，对杜丽娘产生了真情挚爱。"小生岂敢忘于贤卿乎？"他全然信任眼前这个"惊人艳，绝世佳"的娇怯女娇娃，在对女方的来历还没完全弄明白时，让他盟誓便盟誓，让他定情就定情。待知道了对方是鬼，也惊诧过后便不再害怕，因为他们已经结为夫妻了。正是既钟情于这个人，便笃定与她情如磐石了。后来还魂的杜丽娘，让他准备去正式地行媒妁婚姻之礼时，他还笑说："小姐今日又会起书来"，即暗指他们早已互相交付了身体，已然有了夫妻之实。

因为他们由欲望到情爱，其间的爱情是自然而然地产生的，所以杜丽娘重新回到人间后，二人无论做什么事情，都像世间的夫妻一样，

痴情穿越
浪漫唯美
《牡丹亭》

WEN

HUA

ZHONG

GUO

互相商量，互相叮嘱，有应有和。如"婚走"，为躲风头避向临安前，两人已"曲成亲事"。又如杜丽娘因牵挂父母，吩咐柳梦梅前去扬州寻找探望。尽管杜丽娘说"鬼可虚情，人须实礼"，婚姻之事还须秉过老爷和老夫人等等，但那只是一些要求社会认可的程序，表面文章，他们确已经在互爱的基础上形成实在的婚姻关系了。

明万历十六年金陵刊
《还魂记》绘图

性者，情也；情者，爱也。性情交融，缺一不可。恩格斯曾这样谈论现代性爱："性爱是以所爱者的对应的爱为前提的，从这方面说，妇女处于同男子平等的地位，而在古代的厄洛斯时代，绝不是一向都征求妇女同意的。"而且他宣称"现代个人性爱的出现是人类道德的伟大进步"。他不仅把爱情的自由视为妇女地位发生转变的一个重要标志，还主张对待爱情忠贞专一，人们要培养持久和巩固的爱情，"持久性和排他性是爱情发展的要求。"① 应该注意的是，他在这里强调的是"个人性爱"，同时是以个人的自由意志为前提的，是女性与男性全然平等的个体性爱意识和它的实现。

《牡丹亭》前面的段落里，特别是梦境和冥间的杜丽娘，其心态和对待性爱、情爱的态度，全然像一个现代女性：心动了就要爱，不得爱就抱怨，就要追求爱。而且要爱和要怎样去爱，都是我自己的事情，与旁人无干。做了鬼的杜丽娘更是大胆、热情、勇敢、主动。找到了

---

① 恩格斯：《家庭、私有制和国家的起源》，《马克思恩格斯选集》第3卷，人民出版社2002年版。

柳梦梅后，她也是从二人欢会到托付还阳事宜，如掘坟开棺时柳需要什么人来做帮手等，事事都是主动谋划。若说这不过是梦中冥境里的杜丽娘，是虚幻的，实际上在中国的文化传统里，这不光是作者的创作意图的趋向，在读者群体、作品接受者的欣赏视野和阅读期待里，也都是"以梦为实"的。梦境虚境里所反映的，就是人生另一面的自我。

况且《牡丹亭》里的神妙梦乡及幽冥之境，均与现实巧妙地融汇交错，真真幻幻，假假真真，浑融一体。人物的性格便从中显现、成长——杜丽娘死而复生后为了她自己，为了给她的婚姻正名而做的抗争，就充分地表明了这一点。

第二，杜丽娘在爱情、婚姻中，真诚地追求与对方情意相投，把她要找的配偶是否富有情趣，识情解意，放在了重点考虑也是必须考虑的地位，这也是一种具有现代情爱和爱情观色彩的流露和表现。

须知封建时代的婚姻，必须是父母之命，媒妁之言。青年男女婚姻的缔结，完全由父母来包办。而且女子必须"三从四德"，所谓"在家从父，出嫁从夫，夫死从子"的残苛绳索，绞杀了多少女人的生命活力。所以绝大多数的女人终其一生，都是没有为自己选择的权利的，也没有为自己的切身利益提出要求的权利。还不仅仅是这些，还有什么妇德、妇容、妇功、妇言等等规矩训范，从头到脚，从里到外地严密管束着女人的日常生活和言行心理。实在说，活在那个时代里的女人，一般的要想不循规蹈矩都不容易，尤其是宦门闺秀们。在那样的生活环境里，女人不能随意言笑，少年女子要是牵涉到了六欲七情的话，她的家长便会因此感到纳闷和蒙羞。

看那杜丽娘伤春生病时，老夫人先是纳罕，当窥知了起病的端倪，毕竟爱女心切，便说：'若早有了人家，敢没这病。"杜太守却大为不然："一个哇（娃）儿甚七情？"他一则是认为女儿还年少，什么都不懂；一则是认定了既是他的女儿，怎么会因怀春而相思害病。所以，当杜丽娘只听从自己的内心感觉，一意孤行，先是伤情而死，后来还要自择自嫁（当然作品里写了她的姻缘是天意，因果前定），自己还在心中定下了择婿的标准时，那么不论从哪个方面讲，都是和封建礼教，和她自小所受到的家庭教育是相反的，相悖逆的。

杜丽娘择偶的基本要求，虽然和那时的一般贵族小姐也差不多，基本的考虑人选，是那考取了功名，或者是准备考取功名的"琼宫之客"、"折桂之夫"，但她在"游园惊梦"里，如此埋怨自己的父母道："则为俺生小婵娟，拣名门一例、一例里神仙眷。甚良缘，把青春抛得远！……"说是父母为了等着挑选名门佳婿，白白地耽搁了她的青春，什么良缘不良缘的，我还不稀罕呐！可见门当户对，富贵良人，在她的心里也并不是第一等的重要。

剧中写柳梦梅问她，到底是喜欢什么样的人呢？她回答道："但得个秀才郎情倾意惬。"也直接明白地告诉柳生："爱的你一品人才"，"看上了你年少多情"。（《冥誓》）杜丽娘在深心里，就是想找个长相俊逸，又情投意洽、善解人意的人做丈夫。

那柳梦梅，倒也的确是个玉树临风的美男子，更重要的是他对杜丽娘体贴温存、百般呵护，善良幽默而有着赤子之心。平素都是卿卿我我，美言软语，事到临头时，他也敢于承担，流露出一副正直大义的男子汉气概，如杜丽娘所称赞的"真信人也"。当他冒着生命危险挽杜丽娘于墓穴时，当他见到了岳父杜宝，被当做盗墓贼抓起来拷问之际，杜

《冥誓》

柳之间的爱情，便更显现出了一种自愿互爱、生死与共的意味了。

柳梦梅的风度和表现，遂了杜丽娘的选择意愿，也证明了她的选择眼光的确不差。其实，她所喜欢的柳生的美风仪、有情调、多情重义等这些特点，古往今来，恐怕也是为绝大多数女性所喜欢的。也正因为这些，都是属于作为情侣的近乎于永恒的美好品性，所以杜丽娘的选择条件，即使到了现代社会，依然不失为一种居于主流行列的，有品味的择偶观。而对于距离我们今天四百多年前的杜丽娘来说，她钟情于柳梦梅时，他还只是一介白衣书生，她执着于自己的生命体验和青春意愿，重于对她的家庭来说正常的"名门良缘"；她重视柳生的感性和他丰富的个性情感与情趣，也说明了她注重自己感情和爱情婚姻的内在质量，胜过了其他。当然她对柳生后来的科举高中也是非常欢喜的，这本是人之常情。最主要的是这一切——她的喜爱，她的选择，都是出于她女性主体个性的自我意愿。这也是我们在今天仍然欣赏和赞同她的择偶观的一个根本理由。

此外，杜丽娘形象对于感情的超乎寻常的坚执，对于她的爱情的自我坚守和积极抗争，赋予她忠贞专一的爱情穿越时空、亦古亦今的特质和魅力。

"情不知所起，一往而深"，杜丽娘的至情，本身就包含了对情感的忠贞专一特质，无论是她那贯穿了梦幻内外的真情，那震动了冥府地狱的痴情，还是那出无入有、灿然于死生之际的爱情，都系于她那"一灵咬住"绝不放弃的忠贞炽烈的精神。

而从社会学角度来讲，"忠贞专一"这个词汇，一般更多地运用在人对爱情和婚姻的态度及其描述上。那么从这一方面来看，杜丽娘在还魂回生之后，她与柳梦梅的婚姻爱情，尽管早有两人发下的"生同室，死同穴。口不齐心，寿随香灭"的生死誓言，但仍不可避免地受到了来自社会现实生活的严峻考验，不仅受到了是否合法的质疑，还

痴情穿越

浪漫唯美
《牡丹亭》

WEN

HUA

ZHONG

GUO

面临着被传统教条彻底否定的危险。此时杜丽娘对自我意志的坚守，对自身爱情幸福的维护和抗争，便不再同于剧中此前各个环节里所表现的那样，她对自我的发现和个体意志的内在成长，直接与现实生活和各种社会力量发生了联系，简言之，就是同礼教发生了正面冲突。

杜丽娘和柳梦梅、石道姑，唯恐被陈最良发觉挖坟开棺之事，仓皇坐船离开了南安，前往临安。还在船上，柳梦梅庆幸他们已经脱离了危险，风月舟中，新婚佳趣，其乐何如！"似倩女返魂到来，采芙蓉回生并载。"杜丽娘却黯然泪下，说"怕天上人间，心事难谐"，她已预感到两人的幸福将要面临的蹉跎和险恶风波。

果然陈最良发现了开棺事，他捕风捉影，认定了柳梦梅是劫坟贼，日夜兼程赶去淮扬报告杜宝（《骇变》）。而柳梦梅上京赶考回来后，因淮扬战事紧急，受丽娘嘱咐，不辞辛劳地一路风尘前去探望岳父。却不料他一到淮安，便见到了杜宝到处张贴的告示，说他杜宝"从无女婿"，"若有假充行骗，地方禀拿"。此时宋金战争已告结束，杜宝征战有功，官居宰辅之位。于是柳梦梅被生生捉拿，关押在了平章府，且被杜宝拷问吊打。与此同时，朝廷殿试发榜，柳梦梅高中了状元。（《硬拷》）

杜丽娘本以为翁婿见面，必定是皆大欢喜，"秀才郎探的个门楣着，报重生这欢声不小。"闻讯赶上前去，以图澄清。杜宝却断定女儿"已亡三年，此女酷似，此必花妖狐媚，假托而成"，矛盾越发激烈，遂演化到了要奏闻朝廷给以断判的地步。

在《圆驾》一出里，面对着皇权父

明万历间朱氏玉海堂刊
《牡丹亭还魂记》绘图

权，一场唇枪舌剑的据"情"力争，使杜丽娘的"至情"形象更加鲜活丰满。

杜丽娘在殿前，照实陈述了自己伤春而亡、得柳生相助还阳复生，又自媒自婚的经过。此时剧中写道：

（内）听旨：朕闻有云："不待父母之命，媒妁之言，则国人父母皆贱之。"杜丽娘自媒自婚，有何主见？（旦泣介）万岁！臣妾受了柳梦梅再活之恩。

一句"再活之恩"，抵得过任何封建陈规，人间俗理。有什么能比得性命更重要呢？人世间，倘或连人的性命都弃置不顾，那些父权规矩，封建陋俗，如此地虚伪朽坏，又要它来做什么？这里是从人性的最根本处，反击了封建礼教。不单是在这里，整场《圆驾》，杜丽娘处处以"情"来作为她抗辩的强大依靠。她针对杜宝不肯认她这个死而活转的亲生女，心酸而又不无尖锐地讽刺道："眼前活立着个女孩儿，亲爷不认，到做鬼三年，有个柳梦梅认亲。"戳穿了理学不讲"情"，以致人间亲情相隔的僵化嘴脸。

——（外）鬼乜邪，怕没门当户对，看上柳梦梅什么来！
[北四门子]（旦笑介）是看上他戴乌纱象间朝衣挂，笑、笑、笑，笑的来眼媚花。爹娘，人间白日里高结彩楼，招不出个官婿。你女儿睡梦里、鬼窟里选着个状元郎，还说门当户对！则你个杜杜陵惯把女孩儿吓，那柳柳州他可也门户风华。爹爹，认了女孩儿罢。（外）离异了柳梦梅，回去认你。（旦）叫俺回杜家，讪了柳衙。便作你杜鹃花也叫不转子规红泪洒。

杜丽娘在父母众人面前，在金銮殿上，极力夸赞柳梦梅的才情，夸他考上了状元，夸他是温存有情趣的美男子，"笑的来眼媚花"。她这样来回答她的父亲，是不能容忍自己父亲对柳梦梅的鄙视，也是她对自己"睡梦里，鬼窟里"选的人儿的真情实感。柳梦梅虽然是新科

133

痴情穿越
浪漫唯美
《牡丹亭》

WEN

HUA

ZHONG

GUO

状元，但在杜宝这样大官的眼里，也算不上什么了不得的人物，所以他仍要求杜丽娘，只要她答应与柳生分开，他就认回她这个女儿。

杜宝在认女事上已有所松动，本可权且先认了父亲的杜丽娘却断然拒绝。她以杜鹃啼血来比喻她对柳梦梅的感情和她此时的心情。

杜鹃（子规）啼血的典故，出自《史书·蜀王本纪》，里面记载了望帝禅位后化为了杜鹃鸟，每到春天便开始啼叫，啼得嘴角滴血都化为了杜鹃花。其声声泣血的啼叫，是对恋人的呼唤，常用来形容哀痛之极。

宋代的诗人王令，有一首七绝，这样写道：

三月残花落更开，小檐日日燕飞来。

子规夜半犹啼血，不信东风唤不回。

从烂漫春色在杜丽娘心中催发的情芽，从那美轮美奂欣喜而又伤情的梦中俪影，游荡于冥阳两界的自由情爱，到斩截决绝地维护她在人间的爱情，不信东风唤不回，杜丽娘最后终于赢得了爱情的胜利。至情的伟力，使她的一往情深创造了千古不朽的奇迹。

第四章

牡丹之魅：至情世界的炽热呼唤

一、采天地之精气，谱写俗世间真情

1. 情深一叙：妙笔探人生动之微

汤显祖在《牡丹亭》里，围绕对人生"至情"的追求，塑造了许多鲜活如生、个性鲜明的人物形象。王思任在他的《批点玉茗堂〈牡丹亭〉叙》里，认为汤显祖在刻画人物方面的艺术成就，堪入中国一流文学大师之列，"……能言其所像，人亦不多。左丘明、宋玉、蒙庄、司马子长、陶渊明、老杜、大苏、罗贯中、王实甫，我明王元美、徐文长、汤若士而已。"

他如此精彩地评价了《牡丹亭》中具体的人物描写：

情深一叙，读未三行，人已魂消肌栗，而安顿出字，亦自确妙不易。其款置数人，笑者真笑，笑即有声；啼者真啼，啼即有泪；叹者

《道观》

真叹，叹即有气。杜丽娘之妖也，柳梦梅之痴也，老夫人之软也，杜安抚之古执也，陈最良之雾也，春香之贼牢也，无不从筋节窍髓，以探其七情生动之微也。"①

《牡丹亭》里写得最成功的人物，自然是杜丽娘。"杜丽娘隽过言鸟，触似羚羊，月可沉，天可瘦，泉台可瞑，獠牙判发可狎而处，而"梅""柳"二字，一灵咬住，必不肯劫灰烧失。"②关于杜丽娘的形象，在前文中已经有了比较多的论述。她最光彩照人的性格形象特征，就是异常坚定缠绵地执着于自己情思爱恋的同时，还突出地表现了一种对个体自我意志的坚决守护和追求，闪耀着一种独立和自由精神的光芒。这是在《牡丹亭》以前的中国文学里，从未出现过的女性形象。

除了我们已陈述过的杜、柳形象外，杜丽娘的父亲，杜宝的形象，在剧中占据了重要的地位。

在《牡丹亭》故事的"情"与"理"的对抗中，杜宝的形象，便是其中理性的化身。但对于追求爱情婚姻自由，表现了"至情"的杜丽娘来说，他并不是一个简单的对立面形象。他是那个时代里封建官僚体制的上层人物，也是一个有着清廉德行的官员；他是传统父权的代表，又是一个疼爱女儿的父亲。在这个人物身上，体现了作者曾有的政治理想和报国期许，也表现了作者对时政的失望和讥刺。他是杜

①② 《王思任批评本〈牡丹亭〉·批点玉茗堂〈牡丹亭〉，叙》，凤凰出版社2011年版。

丽娘生活环境中封建礼教的代表人物，但毋宁说他的思想言行，是《牡丹亭》中的杜丽娘，现实生活里的小青、俞二娘等周围洇积的、笼罩的传统生活氛围的一部分。

杜宝勤政爱民的清官形象，在剧中第八出，他身为南安太守时的下乡考察《劝农》中，已经开始显现。"杜宝下乡问农的行动固然有设计他不在家而让杜丽娘有机会游园的作用，然而更重要的是展示他爱民的诚意，并不是虚张声势，更不是扰民受贿。……他宣称自己劝农之行乃是'为乘阳气行春令，不是闲游玩物华'。"① 这从杜宝此时对部属的一再告诫中，也可略见一二："近乡之处，不许许多人罗皂。""休头踏，省喧哗，怕惊他林外野人家。"还有在杜宝后来高

《劝农》

升时，随从为了讨好杜宝，在旁说是地方上一向有为高官立"生祠"的习规，上刻碑文，歌颂其政绩，又塑起老爷像以供膜拜等等，杜宝闻听大怒："胡说！但是旧规，我通不用了。"还有杜丽娘伤春而逝，杜宝任淮扬安抚使镇守扬州三年，杜夫人担忧杜家无后，劝丈夫纳一房小妾，好"与相公传后"。杜宝却说："当今王事匆匆，何心及此。"全然是一个忧患国事的清正官员。

至于杜宝降伏了叛军李全夫妇立下了赫赫军功，剧中的描写口吻，则多半流露了对明朝时政的讽刺，属于《牡丹亭》里的又一个内涵层面。

---

① ［美］魏淑珠《〈牡丹亭〉中杜宝的角色分析》，《戏曲研究》第 76 辑。

137

痴情穿越

浪漫唯美
《牡丹亭》

WEN

HUA

ZHONG

GUO

再看家庭生活中的杜宝，他无疑深爱着他的独生女儿丽娘。剧中一开始，就是他在跟夫人商量，要为女儿延师授课，希望她能"多晓诗书，他日嫁一书生，不枉了谈吐相称"。又谆谆告诉女儿，"假如刺绣余闲，有架上图书，可以寓目。他日到人家，知书识礼，父母光辉。"

这是当时一个十分正常的、有了些年纪的父亲。在这讲究子脉兴旺的旧传统家庭里，他也为自家膝下无子，单有一女而滋生了悲哀和自嘲："（泪介）夫人，我比子美公公更可怜也。他还有念老夫诗句男儿，俺则有学母氏画眉娇女。"他关心女儿的病，为她请医诊脉，惟不肯相信她是思春伤体。女儿病逝，他与夫人同样伤心欲绝："'（外、老旦同泣介）我的儿呵，你捨的命终，抛的我途穷。当初只望把爹娘送。（合）恨匆匆，萍踪浪影，风剪了玉芙蓉。"杜宝夫妇所希望的一切，不过是杜丽娘能像那些古今贤淑一样，课女工，读诗书，成个"谢女班姬女校书"，诗书满腹，将来嫁个门当户对的丈夫。又岂能料到这个平日"并不向人前轻一笑"的女儿，会因情而死，又在后来闹出了那么大的波折呢？

在《牡丹亭》后面部分里的矛盾冲突中，杜丽娘与柳梦梅，甚至已认下了女儿女婿的杜夫人，都属于"情"的一方，杜宝则代表了"理"。当《圆驾》里，皇帝下旨要杜宝与柳梦梅分别指认杜丽娘时，便呈现了爱情与理性的两相对立：

（内）听旨：杜丽娘是真是假，就着伊父杜宝，状元柳梦梅，出班识认。（生觑旦作悲介）俺的丽娘妻也。（外觑旦，作恼介）鬼么些真个一模一样，大胆，大胆！（作回身跪奏介）臣杜宝谨奏：臣女已亡三年，此女酷似，此必花妖狐媚，假托而成。俺王听启：

[南画眉序] 臣女没多年，道理阴阳岂重活？愿吾皇向金阶一

打，立见妖魔。（生作泣）好狠心的父亲！

杜宝与柳梦梅的态度截然相反，回想那柳梦梅，在最初知道杜丽娘还是鬼身时，他那为爱所驱使的深情表态，也与此时的杜宝有着天壤之别。杜宝又为何一上来就是这种态度呢？

杜家过往的种种生活迹象都表明，杜宝深爱着他的女儿。但现在最根本的问题在于，像杜丽娘这样出自他宦族门庭的大家闺秀，无故伤情而死，这于情于理来说，都无疑是杜宝心底最深的痛。而如今说这个女儿又死而复活了，还自己嫁了个男人，这种脱离了正常生活轨道的死死生生，尤其是脱离了当时女人嫁人的"父母之命、媒妁之言"定规而无媒而婚，这种自说自话的个人自由和独立，是杜宝这样的父亲、家长，无论如何所不能想象、也无从想象的。

所以他只是一再地斥责还魂后的杜丽娘是"花妖狐魅"而变，并连带着怀疑上了柳梦梅。戏中他还说了这么一句可笑的话："陈先生，如今连柳梦梅俺也疑将起来，则怕也是个鬼。"陈最良则跟他说笑："是踢斗鬼。"按说柳梦梅是新科状元，匹配他的女儿也算是门当户对了。杜宝却还要杜丽娘与柳离异了才肯认女儿。实际上，这一切都说明了，杜宝他最不能接受的，是杜丽娘完全迥异于他所认知的、他所能理解的精神内在和行为方式，所以即便他为父的身心和杜夫人是一样的："我的女儿呵，就是个鬼我也认了"，即便要接受这个"鬼"女儿，他也要试图扭转这一切，为此便首先要开革了柳梦梅这个活人女婿——不惜他是现实中真实的状元。

这就是杜宝，是在封建传统体制下的迂直的真实的杜宝。在最后皇帝"敕赐团圆"，皆大欢喜的结局中，也没见到他真正地认同了杜丽娘夫妇。这也是杜丽娘和柳梦梅的自由爱情，自由心愿，不管转换成什么形式，都会在严峻的现实生活那儿触壁，都是无以真正摆脱的一缕悲哀。

139

痴情穿越
浪漫唯美
《牡丹亭》

WEN

HUA

ZHONG

GUO

剧中出现的其他人物，如陈最良、石道姑、春香等，都属于配角，但也都是《牡丹亭》里人物画廊中所不可缺少的，是作家整体构思的组成部分。如像德国诗人海涅所说的："在一切大作家的作品里面，根本无所谓配角，每一个人物在他自己的地位上都是主角。"①

杜丽娘的丫鬟春香，便是这样一个不可或缺的的人物形象。春香活泼天真，伶俐可人。她的卑贱的小侍女身份，使她身上少有当时深闺女子所有的传统教养和言行上的顾忌。所以春香以天真未凿的小儿女情态，相伴在小姐左右。春香的直言不讳和顽皮的插科打诨，打岔调侃，多半儿是冲着小姐的塾师陈最良去的。《闺塾》里，陈最良给杜丽娘讲《诗经》，解释"关关雎鸠"说"此鸟性喜幽静，在河之洲"，春香便抢着乱说："是了，不是昨日是前日，不是今年是去年，俺衙内关着个斑鸠儿，被小姐放去，一去去在那何知州家"。待陈最良讲那"后妃之德"时，被吩咐拿笔砚纸墨来的春香又故意戏弄于他，拿来了画眉的螺子黛、薛涛笺、鸳鸯砚等渲染风月之物，还在背地里悄悄地嘲骂他："好个标老儿！"

是春香先发现了杜府里那个"委实华丽"的后花园，顶住了陈最良的反对，引着小姐前去游逛，以致生出了后来许多事端。春香的形象，在沉寂幽静、规矩严谨的杜太守宅院，代表了来自社会底层的一股天然烂漫的生命力，一种清新而淳朴活跃的生命气息。活泼、不拘泥的春香，与表面上迂腐的陈最良之间调侃式的对立，在剧中杜丽娘追求自由情怀与杜宝礼教思维相对立的这条矛盾主线外，形成了一条相互映衬，又穿插情节、活跃气氛的副线。同时春香的形象，在剧中也起到了推动内在情节发展的作用，例如是她撺掇了小姐去游园。例如下面《诊祟》中的这段描写：

① 海涅：《论浪漫派》，《海涅散文选》，新文艺出版社1957年版。

[一江风]（贴扶病旦上）（旦）病迷厮。为甚轻憔悴？打不破愁魂谜。梦初回，燕尾翻风，乱飒起香帘翠。春去诺多时，花容只顾衰。井梧声刮的我心儿碎。[行香子]春香呵，我"楚楚精神，叶叶腰身，能禁多病逡巡！（贴）你星星措与，种种生成，有许多娇，许多韵，许多情。（旦）咳，咱弄梅心事，那折柳情人，梦淹渐暗老残春。（贴）正好篆炉香午，枕扇风情，知为谁颦，为谁瘦，为谁疼？"（旦）春香，我自春游一梦，卧病如今。不痒不疼，如痴如醉。知他怎生？（贴）小姐，梦儿里事，想他则甚！（旦）你叫我怎生不想呵！

显然，春香在这里与杜丽娘两人的对话，表明了剧中情节上的发展走向，也形成了主仆二人情感抒发上的呼应与映衬，使杜丽娘和她的形象都更饱满，也更鲜活。

在《牡丹亭》里，如果说杜丽娘是纯真的"情"的代表，同时代表了青春飞扬的现世生命理想，杜宝是僵化的"理"的化身，又代表了传统保守的封建主体势力，那么杜丽娘的老师陈最良，则是涣漫、游离于杜丽娘与杜宝之间的一块社会中间色，一个集落魄儒生与新兴市民为一体的世俗社会的代表。

年已60岁的陈最良，他自陈身世是：

自家南安府儒学生员陈最良，表字伯粹。祖父行医，小子自幼习儒，十二岁进学，超增补廪，观场一十五次。不幸前任宗师，考居等停廪；兼两年失馆，衣食单薄；这些后生都顺口叫我"陈绝粮"。因我医、卜、地理，所事皆知，又改我表字伯粹做"百杂碎"。（《腐叹》）

真是"灯窗苦吟，寒酸撒吞。科场苦禁，蹉跎直恁！可怜辜负看书心"。陈最良就是那类典型的皓首穷经、寒窗白头的封建仕途失败者。他从少年时，考科举考了15次。科举考试不是年年举行，而是几

141

痴情穿越
浪漫唯美
《牡丹亭》

WEN

HUA

ZHONG

GUO

年一次，那么他就是一直考了几十年，曾取得禀生的资格又失去了，到末了还是一个生员。这个中的辛酸和悲凉，真是令人不忍卒想，言语难以表达。杜府要延请塾师，他此时正在失业中，极为贫寒，却也不急着为进杜府而钻营。倒是杜宝看中了他这份"老成"——"老资历"，如此他得以到太守府里来当了私塾先生。

陈最良又不仅仅是一个走向老境的穷儒生，他亦儒亦商。这在晚明时是常有的现象。泰山学派的王艮、王绩等一干人，都经过商，是儒者同时又是成功的商人。《牡丹亭》里的陈最良，主要教家馆为生，又经营着药店兼行医，会给人算卦看风水，也有他自己的一套生意经。他对春香说："春香，你师傅靠天，也六十来岁人，从不晓得伤个春，从不曾游个花园。"这反映了他迂腐的一面。但他也知"儒冠误人"，并不太把教书当做一回事儿。他玩世不恭，又会随机取巧。比如他懂些脉理，又并不精通医术，在给杜丽娘问病切脉时，错按在了手背上，春香指出来时，他就顺口胡诌遮掩："女人反此背看之，正是王叔和《脉诀》，也罢，顺手看是"。他老于世故，圆滑，自私，如他收了杜丽娘祭田的地租，又并不常来照看。他的言行，也时有猥琐龌龊之处。这后者，包括作品里他的一些亵语，与石道姑等人之间的下流玩笑等，是晚明传奇里常见的插科打诨的一种形式，也是作品对明代世风的一种真实反映，流露了社会对理学反拨的一种世俗风气。陈最良这个小人物身上，既有潦倒儒生的底子，亦有着市民气息和市侩性，这两者的结合，则使他在生活里权变通达，善于顺势而为。

在杜丽娘因春生情、因情而亡，又因情复活团圆的整个过程中，陈最良是几乎贯穿始终的人物。剧中情节的每一段发展，都与他有着分扯不开的瓜葛。他给杜丽娘解读《诗经》，是最早诱发杜丽娘春情的引子。丽娘死后，杜宝忙着赶赴安抚使任，请陈最良协助石道姑管理梅花庵。柳梦梅落水，陈最良恰巧经过，本不打算救人的，听得柳梦

梅说是读书人，才起了恻隐之心，救起后又将他安排在梅花庵，这才有了柳梦梅的拾画、玩真。杜丽娘得以与柳生相逢，完成了对"情"的寻求。又是这个陈最良，误认为柳梦梅盗挖了杜丽娘的坟，即刻长途跋涉去报告杜宝，中途还当过叛军李全的人质。他的到来，使得杜宝与杜丽娘、柳梦梅的矛盾冲突公开化、尖锐化，促使全剧走向了最后的结局。

虽然是春香嘴里的"老村牛、老痴狗，一点趣也不知"的迂腐道学先生，然而陈最良的人情味，他对待人性和在人情世故上的认同感与圆通，对杜丽娘和柳梦梅爱情上的支持，却在剧中一点一点地被释放了出来。如毕竟是他给杜丽娘死而还生之际开的"还魂汤"，是他私下出了主意让杜丽娘在朝堂申诉，又在激烈争执的杜家翁婿、父女间打哈哈，居中调和等等。这一切，在这个于人生失败中挣扎了几十年的人物身上，有那么一点儿世情洞悉的超然和慧黠，更有了一种来自混沌俗世生活的情义和温暖。在《牡丹亭》"情"与"理"的冲突中，这个儒生形象，为"情"的生命伟力的肯定和召唤，增添了一抹热闹的世俗光泽；对于僵化理学，则是一种来自生活的揶揄和嘲讽。

在剧中，被以漫画似的夸张和反讽手法所表现的石道姑，是《牡丹亭》里另一个不可缺少的配角人物，也是作家寄寓了深意的一个艺术形象。

石道姑因为是石女，在婚姻生活中不被夫家所容，被无情地驱赶出门，只得去道观做了道姑。这个承受了生理残疾和世俗伦理双重伤

《拾画》

143

痴情穿越
浪漫唯美
《牡丹亭》

WEN

HUA

ZHONG

GUO

害的女性，却并没有湮失了对于生活的热情，对于生命情愫的渴望。对遭遇不幸和需要帮助的人，她也有着深切的理解并乐于施以援手。她平常话语粗俗，和陈最良一起常互相嘲谑调笑。在柳梦梅需要她帮助为杜丽娘挖坟开棺时，她明知有风险，也仍是乐于帮忙，派了她侄子癞头鼋前去一同掘坟开棺，救出了杜丽娘。场景固然是虚构，但人与鬼，或者说是刚还魂的杜丽娘，话语间你来我往，场面充满了细微温情。

（旦觑介）这些都是谁？敢是些无端道途，弄得俺不着坟墓？（生）我便是柳梦梅。（旦）酩酊觑，怕不是梅边柳边人数。（生）有这道姑为证。（净）小姐可认得道姑么？（旦看不语介）

[前腔]（净）你乍回头记不起俺这姑姑。（生）可记得这后花园？（旦不语介）（净）是了，你梦境模糊。（旦）只那个是柳郎？（生应，旦作认介）咳，柳郎真信人也。

《婚走》

而且石道姑堪称处世老到，经验丰富。在杜丽娘还魂不久，当听说陈最良要前来为小姐上坟时，她立马警觉到必须火速设法，以避免掘坟事发后带来的灾难：

"一来小姐有妖冶之名，二来相公无闺阃之教，三来秀才做迷惑之议，四来老身招发掘之罪。"她为杜丽娘和柳梦梅拿定了主意，"不如曲成亲事，叫童儿寻只赣船，赁夜离开，以灭其踪。"

后来的事实证明了，石道姑的担忧和决策，是十分正确和有必要的。杜丽

娘二人在她的陪伴下顺利地离开了南安。杜丽娘后来又在临安巧遇了母亲和春香，故事的情节才得以往下发展。应该说，在戏剧的后面部分，是石道姑和陈最良，分别引领了杜、柳一路走去的爱情，是他们，将杜丽娘的爱情，与广阔的生活连在了一起。

石道姑的形象，还有着她独特的文化意蕴。在《牡丹亭》的《道观》一场里，有一大段篇幅，是石道姑关于她早年婚姻不幸的人生自传。而这份自传，基本是引用古代童蒙读物《千字文》的内容串起来的。《千字文》是梁代人编的，为历代儿童专用的重要"字书"，启蒙教材。惊世骇俗的是，石道姑的这篇自述里，许多是一些关系到性的赤裸裸的直白用语，是"科诨雅俗共生的诡异结合"。从人物本身来看，石道姑在用这些自嘲式的自褻话语，下意识地疏放她一直被闭锁的天然情欲。这种自嘲，又是她作为社会边缘的"畸零人"一种反讽式的生存策略，她在嘲谑人生中去体味人生，并从中坚持自我的存在，以此来抗衡严酷的现实环境。

而作者的深层意图，有学者将其指了出来："汤显祖这样写是有深层用意的，即强烈的挑衅意味：挑战封建伦理的高高在上、不可一世；批判伦理思想对女性的迫害，以此拱卫剧作的主题——尊情抑理。"①。

2. 本色俊语、丽藻濬发出神入化

人们欣赏《牡丹亭》，往往一开始，便被它那典雅绮丽的文采所吸引。那些精妙词句、参错丽语，引导着人们，进入了如韦洛克·沃伦所说的"艺术品审美的——声音的层面"②，以令人心动神驰的艺术魅

---

① 戴健：《"荒唐言"背后的"真滋味"》，《江苏广播电视大学学报》2010 年第 6 期。

② ［美］韦洛克·沃伦：《文学理论》，三联书店 1984 年版。

145
痴情穿越
浪漫唯美
《牡丹亭》

WEN

HUA

ZHONG

GUO

力，传达着那恍惚而来，不思而至的灵性之美，那令人可意会而不可言传的朦胧之美，那摹拟曲尽的境态韵致之美。

明人传奇，其最高境界讲究的是"本色"之作。"本色"一词，原见于刘勰的《文心雕龙·诠赋》篇，谓"文虽新而有质，色虽糅而有本"，意思是要求文章词藻的华丽，要有助于内容的雅正。元人周德清又在《中原音韵·作词十法》中，对如何写曲词，提出了关于"本色"的总的要求，即"造词必俊，用字必熟，太文则迂，不文则俗，文而不文，俗而不俗，要耸观，又耸听"。要求作品的用字遣词，同时还须顾及到表演的效果，主要还是指出了语言的风格。元代的这种观点，同样延续到了明代。后来又衍生出了多种说法。

王骥德说汤显祖的《牡丹亭》，"妙处种种，奇丽动人"，又认为在当时，只有雅俗相宜的汤氏戏曲，才足为戏剧界所推崇的"本色"之作，"于本色一家，亦惟是奉常（汤显祖）一人——其才情在浅深、浓淡、雅俗之间，为独得三昧"。

《牡丹亭》的语言美，首先在于以典丽深致的诗性话语，包孕着真实饱满的情感，充分地表现和发露了人物的幽渺情思和情态美。

且先不说那些著名的唱段，单是旁白和说白部分，便有许多沁人心脾的生动语句。像"情不知所起，一往而深"，"不到园林，怎知春色如许！""春呵，得和你两留连，春去如何遣？""三分春色描来易，一段伤心画出难。""世间何物似情浓"，"梅花呵，似俺杜丽娘半开而谢，好伤情也"等等，这些词句，结合了人物的性格和心理，真切地描绘和表现了杜丽娘惜春伤情的情绪感受和心理流动。《牡丹亭》中这类深情蕴籍的话语，可以说是每一句，都是千娇百媚，意态横生；每一句，都是诗又是画，精妙而又浪漫，让人自然而然地陶醉沉醉于其中。

这些言少意丰、曲折表意的语句，其动人、感人的魅力还在于，

既是以虚用实，又进而在无形之中生成了深妙的审美意境，表现了一种悲天悯人的情思意蕴。可以说是"意趣深色"具备，使读者在欣赏回味之际，更在脑海里展开无限丰富的联想。

还有《玩真》、《欢挠》等段落里的句子，如柳梦梅拾得杜丽娘画像后——"咳，俺孤单在此，少不得将小娘子画像，早晚玩之、拜之、叫之、赞之"，在他与杜丽娘鬼魂幽会时——"只因世上美人面，改尽人间君子心"，"嫣然一笑，遂成暮雨而来；未是五更，便逐晓风而去"等句，将柳梦梅得了画像之后，对画中美人的盼念欣慕之情，与美人相会后的沾沾自喜和怡然泰然的情态，都细致地表现和烘托了出来。还有直接化用古诗的对白："（旦）行到窗前知未寝，（生）一心惟待月夫人。"这些剧文中不胜枚举的例子，一一"流动着诗画的通感，文化的底蕴"。

《牡丹亭》的语言风格，还突出地表现在曲白相生、雅俗相融的艺术特点上，随处点缀于其间的插科打诨，那浮动流溢的幽默气息，贴近人物性格，又使作品具有自然活泼、谐趣盎然的一面。如下面《闺塾》里的段落：

（见介）（旦）先生万福，（贴）先生少怪。（末）凡为女子，鸡初鸣，咸盥、漱、栉、笄，问安于父母。日出之后，各供其事。如今女学生以读书为事，须要早起。（旦）以后不敢了。（贴）知道了。今夜不睡，三更时分，请先生上书。……

……（末）胡说，这是兴。（贴）兴的个甚那？（末）兴者起也。起那下头窈窕淑女，是幽闲女子，有那等君子好好的来求他。（贴）为甚好好的求他？（末）多嘴哩。

……

除了前面已经提到的，在《冥判》《诊祟》等一些场次里，插科打诨，笑闹戏谑，随时会出现，花神、狱判，都属于偏重用科诨来表

147

痴情穿越
浪漫唯美
《牡丹亭》

WEN

HUA

ZHONG

GUO

现的形象，在《牡丹亭》里，都是其不可分割的一部分。在中国传统戏曲里，科诨有着它独特的功能。就像玩笑和滑稽那样，它本身属于"具有解放的性质"的幽默，它的隐喻性，它的幽默特质，会给戏剧里连续性的、容易紧张起来的内容和情节，带来节奏的变换，和空间上的张力。这种雅俗相间、雅俗共赏的艺术表现，也无疑与当时日渐庞大的市民阶层的审美需求相适应。另外，在剧场演出中，科诨也有着更现实的作用。清代李渔在他的《闲情偶记》里说：

"作传奇者，要善驱睡魔，——若是则科诨非科诨，乃看戏人之参汤也，养精益神，全在于此。"

3. 迂曲澹荡、长歌如画的唯美抒情

《牡丹亭》里，最令人惊叹难忘的，还是那些秾丽典雅的精美唱词。这些如汤显祖自己所要求的，要像"一串骊珠"般浏亮、畅丽的曲词，最鲜明的个性创造特点，就是将高度的写意性与视觉效果结合了起来，使它们具有了且歌且咏，诗画合一的高度艺术美感。

《忆女》

它们泅渗了元曲本色生动的神髓，又糅合了唐诗宋词乃至六朝词赋等古典文学华雅绮丽的风度与气韵，依据剧中人物和情境，来抒写那激荡迤逦而又回旋婉转的感情。那逐彩笔以纷飞的幽情，伴随着一段段瑰丽而斑斓的优美唱词，犹如澹荡春风扑面来，谱就了一首浪漫而唯美的抒情长诗。

那"原来姹紫嫣红开遍，似这

般都付与断井颓垣。良辰美景奈何天，赏心乐事谁家院！""朝飞暮卷，云霞翠轩；风丝雨片，烟波画船"。

那"这般花花草草由人恋，生生死死随人愿，便酸酸楚楚无人怨"；"袅晴丝吹来闲庭院，摇漾春如线"；"梦回莺啭，乱煞光年遍。人立小庭深院"；"则为你如花美眷，似水流年"等等。

这一些，都是为人们欣赏已久、传唱至今的经典曲句，这些表现了人物心理、感情、情绪和爱情意境的神韵丰盈的唱词，是杜丽娘青春激情和杜柳爱情的生动展现和隽永写照，也是在岁月长河里，永远能勾动人们生命意绪的深情吟咏。

《牡丹亭》里，多数场次都有富于感情色彩，抒情氛围浓郁的悠扬唱段，比如在"寻梦"里，表现杜丽娘怀着莫名的期盼和柔情，避开了春香，一人前去花园里寻寻觅觅的那段唱词：

> ［懒画眉］（旦）最撩人春色是今年，少甚么低就高来粉画垣，元来春心无处不飞悬。（绊介）哎！睡荼蘼抓住裙衩线，恰便是花似人心好处牵。

这时杜丽娘的内心，当是惴惴悬挂中又怀着一份隐秘的欣喜。她在这个最"撩人"的、不同寻常的春天，感受到了自己青春的苏醒，自我身体的欢愉。她来到花园里寻找那梦中的情感，认证自己体验过的幸福。悸动的心绪，情不自禁地将那些花花草草，都自然地与自己的心情联系在了一起。这一段以景抒情，托情于景，抒写得非常自然贴切，人物的情绪，尚不似稍后那样有较强烈的动荡起伏，而是刚开始寻找时的一种朦胧暗喜的心绪。美丽的少女，美丽的荼蘼，烂漫的春天景致，烂漫的少女的心情。

对于柳梦梅的痴情，也在他对着杜丽娘画像时的唱词里，得到了惟妙惟肖的表现：

> ［莺啼序］问丹青何处娇娥，片月影光生豪末？似恁般一个人

149

痴情穿越
浪漫唯美
《牡丹亭》

WEN

HUA

ZHONG

GUO

儿，早见了百花低躲。

〔啼莺序〕他青梅在乎诗细哦，逗春心一点蹉跎。……小姐，小姐，未曾开半点幺荷，含笑处朱唇淡抹，韵情多。如愁欲语，只少口气呵！……

〔簇御林〕他能绰斡，会写作，秀入江山人唱和。待小生狠狠叫他几声："美人，美人！姐姐，姐姐！"向真真啼血你知么？叫的你喷嚏似天花唾。动凌波，盈盈欲下……不见不见影儿哪。

在这段抒情里，柳梦梅观赏画像时，眼睛里所看到的美人，美人的绝色和美人的才情，他的情绪感受，被形象而立体地表达了出来：这是怎样的美人呵，百花见了她都会俯首躲避，她这般含笑欲语地持梅题诗，真是才貌双绝。多盼着她能从画上下来呀，那样的"似曾相识，向俺心头摸"。柳梦梅书生的天真和痴爱的心态，都在这孟浪又火热的抒情中表白无遗。

潘之恒在评点《牡丹亭》时，曾将其中人物的情，分别冠之以"情深"、"情痴"和"情真"，柳生便是由这最初的情痴，走向了情真。剧中，正是因了这呆书生在深夜时分尚一味叫唤个不歇，声声动情，才引来了杜丽娘鬼魂的哀怨叹息："有情人叫不出情人应，待谁来叫唤俺一声"，于是那游魂罗裙飘飘，环佩叮当，往来穿游在月夜庵前，花树云影中。直到听他叫得多了，才恍然思悟，"呀，怕不是梦人儿梅卿柳卿？"

《牡丹亭》里的抒情唱词，挚切迤逦，动人心魄。这不仅表现在杜丽娘为追寻自我、追求爱情而生死以之的情感抒发中，在杜柳深情脉脉、彼此欣赏、彼此寻找的爱真情浓的咏唱里，在剧中其他人物的悲喜哀乐的情感情绪表达上，也同样是感情充沛，贴合人物的具体情境和心态，有力地烘托出了人物之间的情感关系和剧中氛围。下面是《忆女》一场中老夫人和春香的唱词：

〔香罗带〕（老旦）丽娘何处坟？问天难问，梦中相见得眼儿昏。则听的叫娘的声和韵也！惊跳起，猛回身，则见阴风几阵残灯晕。（哭介）俺的丽娘人儿也，你怎抛的下万里无儿白发亲！

（贴拜介）名香扣玉真。受恩无尽；赏春香还是你旧罗裙。（起介）小姐临去之时，吩咐春香，长叫唤一声。今日叫她：小姐，小姐呵！叫的一声声小姐可曾闻也！（老旦、贴哭介）（合）想他那情切，那伤神，恨天天生割断俺娘儿直恁忍！

"白发人送黑发人"，最是人间断肠情。这里娘亲思女的肝肠俱焚、天伦之殇的蚀骨之痛，一唱三叹，表达得无比深切哀伤，真是字字含泪，声声透悲。春香的思念悲伤之情，也是真切传神，感染人心。这种种感人的抒情形象，都来自作者投入了真情实感的心血凝聚，苦心经营。在焦循的《剧说》卷五中，就记载了一件汤显祖在写作时，不能自禁地为自己笔下的人物而痛哭的事例：

"临川作《还魂记》，运思独苦。一日，家人求之不可得，遍索，乃卧庭中薪上，掩袂痛哭。惊问之，曰填词至'赏春香还是旧罗裙'句也。"

汤显祖曾强调，写作戏曲的曲词，应该以立意为本，重要之点在于合乎作者和剧中人物的意趣和性情，而不必太拘泥于曲调的格律。他说只有情真意切的曲词，才能"入人最深，遂令后世之听者泪，读者颦，无情者心动，有情者肠裂。"① 《牡丹亭》正是通过这样一些感人肺腑的曲文，有力地渲染了情之真、情之深、情之至。

① 《汤显祖集》卷十五，《焚香记总评》。

151

痴情穿越
浪漫唯美
《牡丹亭》

WEN

HUA

ZHONG

GUO

二、幻化据实：因情成梦情愈真

1. 梦异与魔幻：穿越爱的屏障

"魂归冥漠魄归泉，使汝悠悠十八年。一叫一回肠一断，如今重说恨绵绵。"

《牡丹亭》人物口中发出的这一声苍郁的喟叹，令人不知今夕何夕，不知世事的是非成败，转头是真还是空。只见那幻幻奇奇的故事里，那恍惚迷冥幽境、荒漠苍凉之所，情随着时空流转，情的精魂飘忽来去，能量渐渐增长，仪态宛然，长袖飒飞。人们注目凝神，心魄牵动，不能自已。

这就是《牡丹亭》里迷人的鬼神世界，那个半真半幻、灵异玄虚的情境链环。汤显祖这个杰出的戏剧大师，对于中国的传统戏剧功能，很有一套自己独特的看法。他说：

> 人生而有情。思欢怒愁，感于幽微，流乎啸歌，形诸动摇。……奇哉清源师，演古先神圣人能唱之千节，而为此道。……夫天生地生鬼生神，极人物之万途，攒古今之千变。一勾栏之上，几色目之中，无不迁徐焕眩，顿挫徘徊。恍然如见千秋之人，发梦中之事。使天下之人无故而喜，无故而悲。……无情者可使有情，无声者可使有声。

他认为戏剧能浓缩古今，映现人生。在他的戏剧里，其"生鬼生神"，"发梦中之事"的色彩便尤为浓烈，《牡丹亭》则更是因此又被称作"鬼戏"，或被归为了魔幻剧。从这一个意义上说，《牡丹亭》正是以异梦相识、慕色而亡、人鬼幽媾、还魂复生的"鬼传说"，实现了对"至情"的诗性表现和哲理体认。并且在结构手法和艺术内蕴的契

合上，达到了完美的程度。

《牡丹亭》诞生的时代，佛、道二教盛行，特别是佛教，有大量各阶层的信众。佛、道长期以来，都吸纳了中国民间原始宗教的多神信仰，包括鬼神灵异之说。在当时的主流文人中，也形成了热衷于探讨宗教哲理的文化氛围。像汤显祖提倡的"真情说"，就既是他的世界观，文艺观，也是一种宗教观。《牡丹亭》里出无入有、张皇幽缈的人间鬼界往来，幽明穿梭，创造了超越生死、消泯时空距离的艺术形象，也是暗合了一种释道境界。

作者的主观意图却并不在于张扬宗教教义，而是要"为情作使"，作为戏剧中一种重要的表现和结构方式，用来帮助自己完成在现实情况下所无法完成的意愿。

在这里，鬼神形象成为推动情节的关键。且不说杜丽娘的死，她的鬼魂，都无疑是剧中重大关目所在，是中心意象，就是那阴间判官和花神，也都是这场"人鬼情"中的必要角色。花神实为杜柳之间牵丝线的月老，先是在杜丽娘的梦中，保护了她和柳梦梅的欢会，后又在冥间出现，促成了杜丽娘的魂游；在《牡丹亭》后来出演的各年代版本里，花神又从单个角色，逐步演变成为众花神上场，成为神仙中降临人间的护花使者，又象征了人间十二个月的花好月圆。那冥间的鬼判，则是他为杜丽娘查了姻缘簿，又是他决定了将她鬼魂放出枉死城，没有鬼判的这些环节，杜丽娘就不会有日后复活的机会。是这些鬼鬼神神，组成了杜丽娘死后的一个异度生存空间，正是通过这个世界，杜丽娘才得以真正完成了她精神能量的成长。

《牡丹亭》里，还以梦异的方式让杜丽娘进入了柳梦梅的梦里，并向柳梦梅透露了姻缘与后日发迹的天机。而杜丽娘在她的自然性梦里梦见了柳梦梅，但两人并不相识，也并不知道自己曾出现在另一方的梦中。这种半真半幻的梦之缘，中间各自经过了波折磨难，发展到了

痴情穿越
浪漫唯美
《牡丹亭》

WEN

HUA

ZHONG

GUO

后来的人鬼之恋，益发渲染了"情"的三生路的山重水复，三重境界，即从朦胧之情，到相互恋慕之情，又到了至爱深情。

那么鬼神和奇梦，则更重要的是在《牡丹亭》的整体构思里，与自然和现实相互交织、互为叠现，成功地跨越了时间与空间的不同领域，奇丽而完美地展现了剧中阴阳交错、人鬼互动，梦境与现实互为映衬、呼应、对比的环环相扣的爱情故事结构。鬼神和梦所呈现的幽幻飘渺、变化莫测的虚拟世界，与现实里真实的人生若即若离，却又纠葛缠绕，互为象喻，使故事里流溢着魔幻的气息。那梦魂里的杜丽娘，为鬼魂的杜丽娘，甚而为画魂的杜丽娘，是舒展的、开放的、自由的；同时她在向生的孜孜追求中，得以成长，得以涅槃。柳梦梅亦在人鬼交往的关系中，坦然接纳，经风沐雨，成就了能"穴地通天"的志诚君子。

自然现实中的人际关系，就这样被超自然的人与鬼、神的关系所渗入，所投射，从而令整部剧作被赋予了神性品格；使"情"的力量，使至真至深的爱情，无往而不至，扭转、颠覆了被禁锢、被隔绝和摧毁的哀伤，"打通了爱的樊篱"，穿越了现实与虚幻、爱情与梦想的屏障。

2. 至情与才情："情"与仕的互补与合一

柳梦梅的形象，不单单是杜丽娘的"风姿俊妍"、柔情似水的情郎，"必须砍得蟾中桂，始信人间玉斧长"，在《牡丹亭》里，他还是"才"的世界的化身。

在明初话本里，柳梦梅是官宦人家公子，父母俱在，衣食无忧。而在《牡丹亭》传奇剧中，柳梦梅成了唐朝大文学家柳宗元的后裔，"原系唐朝柳州司马柳宗元之后，留家岭南。父亲朝散之职，母亲县君之封"。只是父母俱已离世，所以他"自小孤单，生事微渺"，家业微

薄的他，只与一个种树的老仆，在广州老宅相依过活。因柳宗元写过一篇《种树郭橐驼传》，这个老仆，便也被汤显祖趣撰是柳宗元老仆郭橐驼的孙子。

《怅眺》

首先，这里将柳梦梅的身份设定是一个饱有才情的士子，生活则颇为困顿。"今日成人长大，二十过头，志慧聪明，三场得手。只恨未遭时势，不免饥寒。"柳宗元的孙子，这是一个有很强烈而且显豁的象喻的定位，就像下面接着要说到的他一个能谈得来的朋友，寄居他人处的韩子才，是韩愈（退之）的后人，也是同样的含义。这柳梦梅和韩子长，和那个时代的很多文人士子一样，有才学志向而没处施展，并且处境拮据。两人见面后一场互相调侃的对话，幽默洒脱，别有意味：

> （生）这话休提。比如我公公柳宗元，与你公公韩退之，他都是饱学才子，却也时运不济。你公公错题了《佛骨表》，贬职潮阳。我公公则为在朝阳殿与王叔文宰相下棋子，惊了圣驾，直贬作柳州司马。都是边海烟瘴地方。那时两公一路而来，旅舍之中，两个挑灯细论。你公公说道："宗元，宗元，我和你两人文章，三六九比势；……一篇一篇，你都放俺不过。恰如今这贬窜烟方，也合着一处。岂非时乎，运乎，命乎！"韩兄，这长远的事休提了。假如俺和你论如常，难道便应这等寒落。

这番谈话，既是讽古，更是嘲今。柳宗元作了有名的《乞巧文》，直到他这第二十八代孙了，也未见着乞下一点"巧"来。韩愈曾立意写下《送穷文》，也直到后来这二十多代人了，还不曾送走了一个

155

WEN

HUA

ZHONG

GUO

"穷"字去。汤显祖借了柳梦梅的口，嬉笑怒骂，与人物一起吐出天下读书人的胸中郁闷不平之气。也清晰地展示了，这是一个男人的"才"的世界，他们讲的是饱读经书，扶助君王，治理天下，受得"多少尊重"，"好不气象"！

而剧中又先通过柳梦梅的梦境，展示了手持青梅、如迎如送的杜丽娘，告诉了他：这个美人和他有姻缘之分，并且到得那时，即是他发迹之期。为了这个，他才改名叫柳梦梅。

这一梦中的天机也暗示了，他梦里的杜丽娘，同时暗喻了男女的自然天性，天然情欲，覆盖了天地人间的生命之大性情。若说杜丽娘就是"至情"的化身，那就代表了柳梦梅马上天下、功名文章的美好理想的最终实现，须得有"情"与他的"才"的成功会合。也就是在有了"情"之后，他本身的才能才会趋向完美，他的才华抱负才会真正地被赏识被认可，进而得到充分完满的发挥，他的仕途便会大放光明。

对柳梦梅来说是这样，对于他所代表的"才"的世界来说，亦是如此。

应该说，这正是汤显祖本人的理想，仕途坎坷、遭际不顺，使他空有政治抱负和才华而不得施展，而这一切又与社会的腐败政治、保守僵化的传统意识、有"法"而无"情"不无关系。当然，他的思考中还有着时代的哲学思想根柢。这一些，只能通过他的作品和艺术形象表现出来。

剧中写那柳梦梅显然又是个感情丰富的人，生活和前途无着，朋友劝他去找有地位的人活动一下，他却犹豫道，现今的人太无趣了，最终还是答应去见苗钦差。在寄旅中，他也怀有惊春之情，感伤春郁情怀无处消遣，怀着对世间情感的渴望。这是他与杜丽娘相爱的基础。但是在现实生活里，一介穷书生，人生颠簸中尽遭冷遇。在他没有与

杜丽娘相遇之前，也确实没有多少值得高兴的事。赶考路上，天寒体病，他摔一跤掉进水里，央求陈最良救起来，也无处可去，被收留在冷寂的梅花庵里；《淮泊》一出，又写他还没中榜前，被店小二奚落一场从店里赶走，只好夜住漂母祠，没有水就去用雨水梳洗。现实就是这么势利冷酷，缺少"情"的温暖和滋润。

杜丽娘需要柳梦梅的情与爱。而他们两人的幸福爱情，也是通过柳梦梅极力的努力和争取而最终得来，反映了他的衷情，他的磊落人品和骨气。这一切，都在剧中以大量的篇幅进行了描述。

3. 讽时伤世、荒诞世界的"真"之声音

汤显祖《牡丹亭》大获成功，人们接踵往来，日日管弦丝竹，一时风光无二，但他说，"词家四种，里巷儿童之技，人知其乐，不知其悲"[1]。这说明在他的戏文曲调的"乐"的表层下，含蕴了"悲"的主体意识。在这个层面上，讽时讥世，也是《牡丹亭》所涵蕴的一个表征性内容。《牡丹亭》这部儿女风情戏，寄寓了汤显祖对生活、人性和爱情的思考与向往，也寄寓了他对社会的批判，包括了对丑恶事物的犀利揭露和嘲讽。当时就有明眼人看出了这一点，臧懋循说："临川传奇，好为伤时之语，亦如今士子作举业，往往入时事"。[2] 潘

《虏谍》

---

① 《汤显祖诗文集》卷四十八，《答李乃始》。
② 杨忠：《汤显祖的历史观及其史学成就》，《北京大学学报》，1999 年第 5 期。

157

痴情穿越
浪漫唯美
《牡丹亭》

WEN

HUA

ZHONG

GUO

之恒看了《牡丹亭》的演出后也说："既感杜、刘之情深，复服汤公为良史。"说汤显祖写戏记叙世事，不饰美也不掩恶，就像古时候人们称赞的良史。

讽世讥时是中国古代戏剧的传统。明代社会黑暗的政治现实，虚伪腐败的世风，都是讽世戏曲产生的社会土壤。汤显祖一向认为戏曲不应该仅仅是供人娱乐，还应该有所"讥托"，自己的创作也不外于此，"予曲中乃有讥托"①。通过讽刺的手法，去描摹人生现象，进行对文化和社会的批判。

《牡丹亭》里，对封建礼教、理学规范的讽刺，是贯通全剧的，不仅是通过杜丽娘的习诗，对陈最良、石道姑等形象特征的戏谑性的刻画，来传达作者对旧理循规的揭示和讥讽，其中包括了杜宝的"古执"形象，也会让人意会到作者那闪现而过的几抹讥嘲的笑意；剧中更以杜丽娘死死生生、天上地下，从官邸到地狱，又到皇庭的情感经历过程，将其整个地贯穿了作者的讽世意识。这是一种深度的讽刺，它来自于作者对人性、对于生命和社会本质性问题的敏锐思考和抉示。唱尽新词欢不见，其中把人类一些共性的东西，批判性地描绘了出来。

对朝政时局的讥讽，主要见于剧中的杜宝对付叛贼李全夫妻作乱的几出戏。《牡丹亭》里，用了不少的篇幅，写了淮扬安抚史杜宝，奉命平定李全夫妇叛军之事。文中对那"南朝不用，去而为盗"又叛投了金朝的李全俩夫妻的描写，语调黠谑而生动：

　　〔番卜算〕（丑扮杨婆持枪上）百战惹雌雄，血映燕支重。（舞介）一支枪洒落花风，点点梨花弄。（见全举手介）大王千岁。奴家介胄在身，不拜了。（净）娘娘，你可知大金皇帝，封俺做溜金王？（丑）怎么叫做溜金王？（净）溜者顺也。（丑）封你

----

① 《汤显祖诗文集》卷三十三，《玉合记题词》。

何事？（净）央俺骚扰淮扬三年。待俺兵粮齐集，一举渡江，灭了赵宋。那时还封俺为帝哩！（丑）有这等事！恭喜了。借此号令，买马招军。

　　［六幺令］如雷喧哄，紧辕门画鼓咚咚。哨尖儿飞过海云东。（合）好男女，坐当中，淮扬草木都惊动。

　　后来是杜宝使用了贿赂之计，笼络了李全的妻子杨氏，不但应许了给她黄金，还说要给她册封，于是叛军退出了淮扬。一场平乱之役，就这样稀里糊涂地打了胜仗。杜宝因此而立下了军功。汤显祖这样写的用意，实际上，是借以讽刺明朝首相张居正，暗示了他当年利用蒙古部落三娘子招降其首领俺答一事。明朝建国后的二百多年里，北方边地一直受到蒙古部落的侵害骚扰。隆庆四年（1570），负责守卫的边将王崇古、吴兑、方逢时等人上疏，主张对蒙古首领实行安抚政策。朝臣们对此意见不一，议论纷纷，主和的和主战的，分成了两派。而最后是当朝宰相张居正等拍板，支持了安抚一派的主张，对蒙古首领俺答赐封，又将俺答最为宠爱和信任的三娘子，封为了"忠顺夫人"，此事才算告一段落。而那些倡议主和的边将及官员因此升了官，主战的一些官员则受到了被贬职等处分。当年汤显祖支持主战的一派，也曾因此而热血沸腾地写过多首诗篇，表示他对这件事的关心和立场。这回写李全事，便是又一度态度鲜明地表达了对朝廷这种对外妥协政策的不满，讥讽明王朝在对外事务上的软弱无能。

　　剧中还有对朝廷官场腐败和科举制度的辛辣嘲讽。明代几朝皇帝都穷奢极欲，尤好敛集搜求珠宝。《明史》八十二卷《食货志六》中记载："隆庆六年诏云南进宝石二万块，关东采珠八千两"。神宗朱翊钧更是专志理财，常年不理朝政。他大量地集聚珠宝，到了登峰造极的地步，以致"珠宝价增旧二十倍"。朝臣为此公开劝谏，户部尚书陈渠上书，坦言国库已告竭，应加以撙节，被皇帝切责。"至于末年，内

使四出，采造益繁，内府告匮，致移济边银以供之。"

汤显祖感时伤世，在《牡丹亭》里，他写了一个不懂什么文字，却专门会为皇帝识宝的官员苗舜宾："这是星汉神砂；这是煮海金丹和铁树花。什么猫眼睛光射，母绿通明差。……这是温凉玉斝；这是吸月的蟾蜍，和阳燧冰盘化"，这些珠宝且都远程而来，"有远三万里的，至少也有一万多程"。这里所写的情形，和史书里所载录的情况很是相似。在剧中，就是这个苗舜宾，因为会辨识珠宝，当上了钦差大臣，还被委任为炙手可热的科举典试官。

做了考官的苗舜宾，因为学识浅陋，哪里会判什么卷子。考场上，他审卷判卷如同儿戏；因与柳梦梅是旧识，便索性就判了柳梦梅为状元。明王朝文治武功的没落，科举制度的弊端，就这样在作者真实尖锐、诙谐幽默的笔触中显现了出来。

4. 以情为本、愿天下人共创有情天

"玉茗堂开春翠屏，新词传唱牡丹亭，伤心拍遍无人会，自挑檀痕教小伶。

戏剧隐喻人生。汤显祖说他是"因梦生情，因情生戏"。光耀夺目的《牡丹亭》，灌注了汤显祖昂扬的生命激情和人生理想，蕴蓄了他浓厚的个人感情色彩，抒发了一种当建"有情天下"的极为深沉强烈的思想感情。

汤显祖把一个只有几千字的《杜丽娘慕色还魂》话本小说，演绎创造成了长达55出的惊世传奇作品，内中显然倾注了他个人的生命体验和感悟，也蕴含着他感怀人生的自况意味。

如果说杜丽娘的青春苦闷，精神上的压抑，是来自当时整个封建社会的禁锢，那么汤显祖在现实生活中，尤其是政治仕途上所遭受的失意、痛苦和压制，也不仅仅是来自哪一个权贵，或者是皇帝，而是

在中国延续了千年的封建意识形态、封建政治及其官僚体系。可以说，他的一生，几乎都是在现实与理想的重重矛盾冲突中度过的。年轻时的汤显祖即以才华傲视天下，且极有政治抱负。"夜谈则风雨如晦，晓起而日出之光"。然而生活给予了他的，却是仕途上的不断受挫，政治上的受排斥、被隔绝和边缘化。汤显祖在政治上失败的一个重要原因，那就是他是一个坚持自己独立个性的"性情中人"，耿介正直，耻于结交权贵，游离于当时处于权力中心地位的政治集团之外，这也恰似杜丽娘的"一生爱好是天然"。

汤显祖渴盼着一个"有情天下"。在他的《青莲阁记》里，他说：

> 世有有情之天下，有有法之天下，唐人受陈隋风流，君臣游幸，率以才情自胜，则可以共浴华清，从阶升、娱广寒。令白也生今之世，滔荡零落，尚不得一中县而治。彼诚遇有情之天下。

在这里，他暗指明代是有法无情的社会，而认为唐朝是有情的天下，羡慕唐人"率以才情自胜"，文章风流，君臣平等。他是借李白来抒发自己的满腹牢骚。"滔荡零落，尚不得一中县而治"，这也的确是生活在明代当时之世的汤显祖的切身遭际。当年他因为上书，得罪了朝中重臣，惹怒了皇上，从南京礼部祭司的闲散职位上，被贬到广东的小县徐闻，当了一个虚设的典史，两年后又量移到浙江一个叫遂昌的小县城做了知县，在这个职位上一直做到了五六年后他自行离开。在后来的生命岁月里，汤显祖再也没有涉足官场。然而晚年的汤显祖说："天下忘吾属易，吾属忘天下难"[①]。他一生渴望着政治清明，心系国计民生，又犹如叹青春虚度的杜丽娘情由心起，一往而深。

汤显祖对"有情天下"的呼唤，是晚明思想革新运动中主情思潮的一个有力呼声。他的"世总为情"，和李贽的"絪缊万物，天下亦只

---

① 《汤显祖诗文集》卷四十八，《答牛春宇中丞》。

161

痴情穿越

浪漫唯美
《牡丹亭》

WEN

HUA

ZHONG

GUO

有一个情"，袁宏道的"独标性灵"，冯梦龙的"情生万物"等观念，汇总成了一股"以情为本"的强大冲击波，它们"将原本蓄伏在德性之下的'情'放逸出来，赋予其形而上的本体意味，使得原本只在诗学中居于主体地位的'情'扩展到整个社会层面，取代原先在社会中居于支配地位的'理'，一跃而成为个体和社会安身立命的依据"；同时，它们"肯定世俗生活和欲望的合理性，使得情具有一种强烈的当下人间色彩"①。

情的本体地位的确立，首先肯定了人的个体存在的天然价值和尊严，而当个人成为社会生活的起点，"情"成为了审视评判世界与人的价值尺度时，坚持人的"真"，便成了一种最应该坚持的文化信念。但衍化在日常生活里的尊"天理"抑"人欲"，强调"惩忿窒欲"的理学，纲常伦理，其最根本的一点，却是在整个社会领域，对于生命个体的视同不在场的轻蔑与漠视。处于理想与现实矛盾冲突中的汤显祖，"胸中魁垒，陶写未尽，则发而为词曲"，以他的《牡丹亭》，把他的"情"的观念，把他的思想苦闷，还原为现实世界和理想世界的冲突，艺术化地表现了出来。

> 情不知所起，一往而深。生者可以死，死可以生。生而不可与死，死而不可复生者，皆非情之至也。

汤显祖以杜丽娘生死不灭的至情追求和真情信念，形象化地演绎和诠释了情本体的哲学内涵。

他将"情"视为生命和世界的本源："世总为情"，"生生死死为情多"；他认为包含了人的天然欲望和人的个体独立意识的"情"，应该成为社会制度确立的根据："第云理之所必无，安知情之所必有邪！"

---

① 洪涛：《以情为本，情欲纠缠中的离合与困境——晚明文学主情思潮的情感逻辑与思想症状》，《南京大学学报》2009 年第 4 期。

他还表现了"至情"——至真至深之情，具有超越性和永恒性；而在《牡丹亭》里，特别是被曲论名家臧懋循评曰"千古绝调"的《圆驾》一出里，杜丽娘与柳梦梅的爱情，在不合于"理"的情况下，被皇帝和皇帝命令之下的封建家长所认可。作者在这里表现了"情"，能够感动人心，盖过常理，因此而具有改变世界的力量。

杜丽娘在死后为鬼魂时的叛逆，和她死而复生后的尊礼，"鬼可虚情，人须实礼"。这一看似人物前后矛盾，或者说是杜丽娘向现实妥协的描写，应该说，首先，是出于汤显祖对于现实生活的忠实描绘，从而在作品中成功地表现了矛盾冲突，情与理的对立。当人物在梦境中，会呈现、泄露出她在现实里所无法表达或不可能做出的某些藏在潜意识中的意念和行动。杜丽娘在梦中的大胆纵情，包括在鬼界这一虚拟世界里的热情主动，正是她平日压抑的个人情感的真实流露。而她复活后态度上的改变，同样是因为她已从梦境（鬼境）回到了现实，为现实的环境所制约。这种矛盾，也可以看做正是汤显祖所感受的现实与理想的矛盾艺术化的表达。

再者，这样的内容安排也是出于作品创作主旨的需要。汤显祖在《牡丹亭》里所要表现的，是人间"至情"的伟力，这种情的力量能超越生死——连生死都能重新改变，能重新来过。描写杜丽娘复活后，不仅要遵礼，让她的父母接受她的婚姻，还要争得皇帝——最高封建统治者的认可，也都是为了强调"至情"的无所不达的能量。设想假若杜丽娘因为婚姻不被父母社会认可，或忧忿而死，或与柳生私奔而去，那么至情的力量仅限于使她复活，这样的故事，又与早已流行过的唐代传奇里那些才子佳人的故事有多大区别呢？

臧懋循之所以说《圆驾》一出是"千古绝调"，是认为"传奇至底版，其间情意已竭尽无余矣。独此折夫妻、父子俱不认识，又做一

番公案，当是千古绝调"①。

一般来说，死去的小姐千辛万苦地复活了，渲染了其中的一些离奇过程后，家人皆大欢喜，故事到此结束，也很正常。但汤显祖非得另起公案，使杜丽娘的爱情历程，至情的追求，又陡生风波，暗藏潜流，确实再度增加了作品的紧张和悬念，吸引了人们的注意力。

所幸的是很快"大团圆"接踵而至，阖家团聚，夫荣妻贵，最后仍以杜丽娘对情的吟唱来结束："普天下做鬼的有情谁似咱！"

但对汤显祖的绝调，仍须细心品味，才能不遗漏他最后那隐约而又悠长的余韵：杜宝到末尾结束时也未开口承认杜丽娘夫妻。虽说皇帝都下了旨，大家也就含混而过不了了之了。皇帝，是明代的汤显祖所能设想到的，现实世界的最高权力偶像。但也只是偶像而已，而杜宝们，却真切地代表了社会中的官僚统治集团。也许，汤显祖早就意识到了，思想意识上的阻隔，是人们生活中善良真情、挚爱至情的真正的妨碍力量。所以，他要以这格外瑰丽幽奇、有着永恒至情魅力的《牡丹亭》，热切地呼唤，呼唤天下人共创有情天。

① 臧懋循：《玉茗堂传奇引》。

第五章

《牡丹亭》的历代改编与
当代继承发展

痴情穿越

浪漫唯美
《牡丹亭》

WEN

·

HUA

ZHONG

GUO

一、《牡丹亭》的历代评本、改编本与选本

汤显祖才逸千古的《牡丹亭》问世，受到了社会的广泛关注，从明代万历年间直到清朝末年，《牡丹亭》行世的各种版本，包括各种点评本、改编本和选本，不下三十多种。

明清两代出版的《牡丹亭》，多有名家的点评本，其中影响比较大的，除了前文中曾提到过的《吴吴山三妇合评牡丹亭》和《才子牡丹亭》外，还有王思任清晖阁评本、茅元仪、茅暎兄弟评本、冰丝馆评本，和备受争议的臧懋循评改本等。改编本有沈璟的《同梦记》，冯梦龙的《风流梦》等。

王思任（1574～1646），字季重，号谑庵居士，山阴（今浙江绍

兴）人，万历四十七年进士，"清晖阁"为其书房名。他的《牡丹亭》清晖阁评本，完成于明熹宗天启三年（1623），他的批点注重对《牡丹亭》的文学性赏评，批语睿智敏隽，言简意骇，妙趣横生，别有一种风格，在当时及后世都深有影响。

其批语的重点部分，可从其卷首的《批点玉茗堂〈牡丹亭〉叙》中见出。他用"火可画，风不可描；冰可镂，空不可斡"，高度赞美汤显祖《牡丹亭》的艺术表现手段，认为冰火皆为有形之物，镂画可工，而风、空是无形之质，将其表现出来，非高才而不能及。王思任将汤显祖与陶渊明、杜甫、苏轼、罗贯中、王实甫等文学大家相并提，给予了高度的赞美和推崇。他评论《牡丹亭》里刻画人物细致入微的那段话："笑者真笑，笑即有声；啼者真啼，啼即有泪；叹者真叹，叹即有气。杜丽娘之妖也，柳梦梅之痴也……"，至今仍为《牡丹亭》人物赏评的经典话语。

臧懋循（1550～1620），字晋叔，号顾渚山人，浙江长兴人。南京国子监博士。他对《牡丹亭》进行了大刀阔斧的改订。汤显祖原著55出，臧懋循的削删调整本，共分上下两卷35折，名为《还魂记》。其中除了杜柳爱情主线，和陈最良、杜宝、老夫人等重要人物保留外，一些配角人物从中消失，有些场次撤销或者合并。他改动的目的是为了让《牡丹亭》更便于演出，因为原本太长，很少有戏班能够连续几夜将其演完。但是他的删改尽管精炼了剧本，也因此产生不少情节呆滞和人物与曲段不协调的地方，招致了一些批评和争议。他的改本，长处是使《牡丹亭》更适宜于舞台演出，现完整地流传了下来。

茅元仪（1594～1644，字止生）、茅暎（字远士）兄弟，浙江归安人。他们的《牡丹亭》评本，对臧懋循大肆删改汤显祖原著的举动，表示了强烈的不满，认为"删削原本，以便登场，未免有截鹤续凫之叹"，变更了汤显祖的本意，所以已不再是汤显祖的《牡丹亭》。他们的评本，对原著无一改动，118条评语，其中援引臧懋循语进行批评、回应印证的有70条，其余条目，重在对作者意识和创作特质进行关注，表现出了自己的特点和新意。

当时，《牡丹亭》最早的改编本，是沈璟（1533～1610）的《同梦记》，又叫《合梦记》、《串本牡丹亭》。全本已佚。只在《南词新谱》中还存有其中的两支曲子，一支是第四十八出《遇母》中的［番山虎］，又一支是第二出《言怀》中的［真珠帘］一曲。两曲对原著里的曲子均有改动。沈璟是南曲的代表性人物，所以虽然其改本只余两支残曲，也一直为世人所注意。

冯梦龙的改本《风流梦》，对原本删改较多，但是颇为人们所接受，在当时的戏曲舞台上也大受欢迎。冯梦龙（1574～1646），字狄龙，长洲（今江苏吴县）人。《风流梦》是他的《墨憨斋定本传奇》

WEN

HUA

ZHONG

GUO

十六种之一。他的改本有这样几个特点。第一，是将原剧情节压缩，又作适当调整，使其剧情段落做到了精简而流畅，同时在他认为必要之处，也进行分拆，如原来的《闹殇》一出，被他分成了两出戏，增加抒情段落，将杜丽娘之死的伤痛，渲染得气氛更加浓厚。第二，是将语言进行改动。汤显祖原著的语言有绮丽的风格，冯的唱词语言更多的是在口语基础上提炼而成，使其更加通俗易懂，更适合在大众的戏曲舞台上演出。这种改动也包括了每一出的题目，都由两个字变成了四个字，如《惊梦》改为《梦感春情》，《寻梦》改成《丽娘寻梦》等。第三点是他非常注意在戏曲舞台上的演出效果。他根据其舞台的效果需要，从戏曲音律，演员戏曲角色的进一步定位，到剧场节奏等，都进行了具体的灵活的改编，使《牡丹亭》从案头剧向舞台剧，有了进一步的推进。

出于清乾隆时期的冰丝馆评本，属于冰丝馆、快雨堂两人合评《牡丹亭》，具体姓名未详。其中对《牡丹亭》盛赞不已：

> 世有见玉茗堂《还魂记》而不叹其佳者乎？然欲真知其佳，且尽知其佳，亦不易言矣。……风云月露，天之才也，山川花柳，地之才也，诗词杂文，人之才也。此三才者，亘古至今而不易，推迁变化而弗穷。《还魂记》一传奇耳。乃荟天地之才为一书，合古今之才为一手。

这一评本是以王思任评本为基础，冰丝馆重刻了《清晖阁批点牡丹亭》，快雨堂作叙，由冰丝馆、快雨堂共同加以批点完成。这里的评语关于《牡丹亭》的元曲风度、曲律考辩、词采和关目等等，都一一在诸位前辈评家的基础上，众采诸家，又作了进一步的深入品评和拓展，反映了关于《牡丹亭》的评点，在由明入清以后的延续和发展。

自明代万历到清朝末年，《牡丹亭》的选本有：《月露音》（明凌

虚子编），《词林逸响》（明许宇编），《新镌出像点板怡春锦》《缠头百炼二集》（明冲和居士编），《万壑清音》（明止云居士编），《玄雪谱》（明锄兰忍人撰辑），《来凤馆精选古今传奇》（清邀月主人编），《缀白裘全集》（清钱德苍辑），《还魂记词调》（清钮少雅），《吟香堂曲谱》（清沈凤起），《审音鉴古录》（清佚名编），《梦圆曲谱》（清仲衡编）等，共 18 部。

这些选本里，其中《缀白裘》共有 12 集，诸腔剧作皆有收录，是所有选本中收录剧目最多、最全的一个选本，可谓明代戏曲选集中的集大成者。《审音鉴古录》中，将戏曲演员的旦角、末、净行当进一步明确定位，如杜丽娘这一角色由先前的"旦"改由"小旦"来扮演，以与柳梦梅的"小生"角色更为对称、相配，其他配角的行当也配备均衡。为了保证汤显祖原著词曲的风貌，其中还采用了集曲法，将几个原本完整的曲牌进行剪辑，按照曲词平仄、乐音节奏等要求重新拼接，从而形成了新的唱段，从根本上保证了汤显祖原词的完整、优美的演唱。这种集曲法，也成为灵活多变的音乐重组创作的一个良好开端。《审音鉴古录》另一个重要的贡献，还在于在选本中，首次详细地记叙了当时昆曲艺人在舞台上的表演技巧和艺术设计，为后世该剧的舞台设计，艺人表演上的袭承，提供了非常可贵的借鉴资料。

从最初只记录了部分散段曲文的散曲文本，到最后的"曲文科介、点板工尺皆全"散曲选本，其间经历了三百余年。选本中的昆曲《牡丹亭》，从书斋闺阁、筵赏堂会，走向了由更多的人民大众观赏的戏剧舞台。其曲调、曲词、演员技艺和舞美等不断臻于完善，也更多地体现了社会中下层市民阶层的审美趣味与爱好。

169

痴情穿越

浪漫唯美
《牡丹亭》

WEN

HUA

ZHONG

GUO

二、20 世纪《牡丹亭》舞台剧的多元承续

《牡丹亭》在舞台上，同时还以京
剧、粤剧、越剧以及赣剧、莆仙戏等地
方戏的形式演出。像京剧名家梅兰芳，
自 1916 年起，就多次演出过有关《牡丹
亭》的折子戏，后来也曾以昆曲演唱。
梅兰芳在他的《舞台生涯四十年》里，
这样写道：

《游园惊梦》中梅兰芳饰杜丽娘

到了民国二十三年上，北
京戏剧界里对昆曲一道，已由全盛
时期渐渐衰落到不可想象的地步
……我一口气学了三十几出昆戏，
就在民国二十四年开始演唱了。大部分是由乔蕙兰先生教的。象
属于闺门旦的《游园惊梦》，这一类的戏也是入手的时候，必须学
习的。……最初我唱《游园惊梦》，
总是姜妙香的柳梦梅，姚玉芙的春
香，李寿山的大花神，堆花一场，
这十二个花神，先由斌庆社的学生
扮的。学生里有一位王斌芬也唱大
花神。后来换了富连成的学生来扮。
李盛藻、贯盛习也都唱过大花神。
姜六爷在一旁又夹叙了几句：'这出
《游园惊梦》，当年刚排出来，梅大

梅兰芳与姜妙香合作《牡丹亭》

爷真把它唱得红极了。馆子跟堂会里老是这一出，唱的次数，简直数不清，把斌庆社的学生唱倒了仓，又换上富连成的学生来唱，你想这劲够多么长？"

1919年、1924年和30年代，梅兰芳先后去日本、美国和苏联演出，也把美轮美奂的《牡丹亭》带到了日本、美国的一些大城市。从30年代起，他陆续拍过《牡丹亭》的电影，最先把《牡丹亭》搬上了银幕。1934年，梅兰芳和昆曲泰斗俞振飞联袂出演《游园惊梦》，演出当天，京城万人空巷。这是两位戏曲大师的首次舞台合作。

1934年梅兰芳、俞振飞首次合作
昆剧《游园惊梦》

抗日战争时期，梅兰芳爱国之心可鉴，毅然停演八年，直到抗日战争结束后复出，他最先演的剧目，还是《牡丹亭》里的《游园惊梦》。多年后，梅兰芳的儿子梅绍武，对当时的情景仍然记忆犹新："我记得当时观众蜂拥购票观剧，把美琪大戏院的门窗都挤破了，真是盛况空前。"

后来，在新中国成立后的1960年，梅兰芳、俞振飞二人又再度一起出演《牡丹亭》。他们与另一名演员言慧珠，一起拍摄的彩色戏曲艺术片《游园惊梦》，由北京电影制片场拍摄完成，这是国内的第一部《牡丹亭》戏曲电影，成为戏曲领域里的一件盛事。戏中梅兰芳扮演的杜丽娘，在举手投足间细致地表现出春闺少女的相思与闲愁，唱腔、表情、身段浑然一体，丝丝入扣，其精妙无比的昆曲表演艺术，连同其他两位大师的联袂合作，使得这部影片，成为银幕上响誉中外的游园绝唱。

WEN

HUA

ZHONG

GUO

从上世纪 80 年代起，国内
的各地剧团，特别是昆剧团，
纷纷改编和演出《牡丹亭》。江
苏昆剧团和上海昆剧团，都将戏
曲《牡丹亭》演到了海外意大
利、德国等多个国家。《牡丹
亭》那以情胜、以词胜的幽深
艳异的绝美韵致，充满了浪漫想
象和生命张力的艺术空间，新一
代戏曲演员精湛的表演技艺，增
添了交响乐等新元素的华彩绚

1960 年《游园惊梦》梅兰芳与俞振飞

丽的舞台效果，都使得《牡丹亭》，不但在国内，也开始在海外的多个
国家和地区，引起了更多人们的浓厚兴趣。

1998 年 5 月，由中国著名
音乐人谭盾作曲，美国先锋舞
台剧导演彼得·赛勒斯执导的
《牡丹亭》，在奥地利维也纳首
演，引起了轰动。演出融合了
话剧、架子鼓、通俗音乐等多
种艺术表现形式，后来又接着
在巴黎、罗马、伦敦、旧金山
等地相继演出。

1999 年 7 月，旅美华人陈

梅兰芳、俞振飞、言慧珠

士争导演的全本 55 出《牡丹亭》，在美国纽约林肯中心上演，再度掀
起了一场《牡丹亭》热潮。多少年来，《牡丹亭》的全本演出已成绝
响。差不多是从清朝时期起，《牡丹亭》就都是以折子戏的面目，出现

在人们的面前。所以，这次《牡丹亭》在美国的全本演出，有着十分重要而独特的意义。它让人们重新感受到了一部完整的汤显祖《牡丹亭》，重新进入了《牡丹亭》所多方面表现的那个时代，感受它那文人传奇的巅峰之作，最初原态的奇幻绝美的独有魅力。

陈士争对此说："它事实上是一个以汤显祖传奇剧本为中心的舞台创作，昆曲虽然是其中最重要的表演形式，——我用了评弹、木偶、中国民间的民俗民乐，比昆曲用得广多了，还有一些是在昆曲以前的东西。""希望能够借《牡丹亭》，向华人观众重新介绍自己的传统文化。如果华人对自己的历史有新的认识，也许能够唤醒新的活力或新的印象。对自己的东西，感觉到文化遗产另外一种骄傲的东西在里面。"正像他所说，这一全本《牡丹亭》的演出，是民族子孙对于自身文化遗产的一次回顾和审视，是中华传统文化的一次重新发掘与回归。

古典文学名著，会给当代艺术家提供无限的想象空间和艺术可能性，中国国家芭蕾舞团 2008 年 5 月首演的原创芭蕾舞剧《牡丹亭》，再一次表明了这一点。

"全剧尝试展现多重层面的梦境，并采用多种多样零碎式的形象透视杜丽娘的内心世界。由是，杜丽娘在梦里分裂为多个化身：白衣俗世丽娘，红衣花神丽娘及蓝衣昆曲丽娘。她们或独自登场，或双双出现，又或三位一体亮相，按剧情需要各以肢体或唱词表述思绪情怀。"舞台上，除了鲜明的《牡丹亭》故事层面，这里还试图再现了杜丽娘的性格层面，心理层面以及潜意识层面。曼妙婀娜的舞姿，表现着人物断续的、缠绵的梦境，在这现代性诠释语言的芭蕾舞场景里，任何梦的碎片，都有着象征意蕴，都是杜丽娘精神世界、爱情世界的外化。……

有着唯美浪漫感觉的东方服饰，中西糅合的中外古典乐和现代音乐乐曲，一切给人以后现代的、特异而新颖的感觉，"企图冲破、挑战

痴情穿越
浪漫唯美
《牡丹亭》

WEN

HUA

ZHONG

GUO

及跳出一切想象"，来再现中国文学经典描绘的永恒主题。

三、昆曲青春版《牡丹亭》的成功排演

今年（2004）5 月 2 日晚，青春版《牡丹亭》在台北首演落幕，在雷动的掌声中，在爆起的彩声中，我引着两位青年演员俞玖林和沈丰英，在舞台上向观众行礼致谢。我在剧院看过无数次表演，从来没有感到像那天晚上那样，观众的热情就像潮水浪头一般，冲卷上来；观众中有许多年轻人，他们从内心散发出来的兴奋与感动，我几乎可以触摸得到。①

这是青春版《牡丹亭》的制作人、著名作家白先勇对该剧首演现场的实地记录。这仅仅是此剧演出的开始。此后几年间，青春版《牡丹亭》，巡回香港、杭州、苏州、北京、上海、天津、南京、澳门等各大城市，走遍北京大学、北京师大、同济大学、南开大学、浙江大学等著名高校演出，需要连演三天九个小时的一出大戏，在各地都是场场爆满，一票难求。大学生们在当地看了，还会跟着剧组追到下一个城市再看，"看着北京的大学生那一张张青春的脸上焕发出来的光芒，我不禁深有感触：我们古典美学的力量还是十分惊人的，在二十一世纪，仍旧可以激起我们最优秀的知识青年，对于纯粹的'中国美'如此高涨的热情。"②

白先勇等人携带剧组，又开始在世界巡演，远赴美国、欧洲等地，同样受到极热烈的欢迎。在美国西海岸联演 12 场，场场人头簇拥。美国人惊叹于昆曲《牡丹亭》不可思议的优雅和美丽，演出结束时爆发

---

① 白先勇：《姹紫嫣红开遍·〈牡丹亭〉还魂记》，作家出版社 2011 年版。
② 白先勇：《姹紫嫣红开遍·〈牡丹亭〉还魂记》，作家出版社 2011 年版。

了"在当地从未有过的"长达 20 分钟的掌声。美国多家报刊的剧评中，都不吝赞美之词：《旧金山纪事报》称："闺中少女一场春梦引发出一段极视听之娱的戏曲经验。长达九个小时的《牡丹亭》竟然只觉一晃而逝。——""这场戏压倒性的成功，具有重大历史意义：一则它将中国文化遗产中几乎被忘却了的奇珍再度重现，并令四百年之久的作品在国际上大受欢迎"（《圣芭芭拉独立周刊》）。

到 2011 年，青春版《牡丹亭》已经整整演出了 200 场。

青春版《牡丹亭》由白先勇主持，两岸三地艺术家携手打造，苏州昆剧院演出。汤显祖《牡丹亭》的神奇魅力，来自于其瑰丽神话内涵与理想主义抒情的恢宏交响。《牡丹亭》的主题，在于一个"情"字。青春版《牡丹亭》，即准确地体现了这种艺术精神及创作主旨。在结构上，把 55 折的原本，保留了主体情节，撮其精华删减、结构成 29 折，分为上中下三本，第一本为"梦中情"，第二本为

青春版昆曲《牡丹亭》

"人鬼情"，第三本归结到"人间情"，三天连台表演。内容从原本的第一出"标目"，演到最后一出"圆驾"，基本上保持了原剧情的完整。

在语言上，这部剧则以保留原剧作原汁原味的语言为原则，即便"有时为了剪接连贯的需要，容或略有移动修饰，也只在一、二字微许之间"，坚持保持原作的语言风貌。这一点，应该是青春版《牡丹亭》成功的一个非常重要的原因。汤显祖《牡丹亭》，他那旷世难再的曲词、绮靡映彩的语言描画，使《牡丹亭》达到了中国文人传奇的巅峰。

175

痴情穿越
浪漫唯美
《牡丹亭》

WEN

HUA

ZHONG

GUO

它们穿越岁月时空，永远是那么典雅绚烂，永远深深打动、滋润着人们的心。这就是人类语言艺术经典的力量。试想任何方式的改编，如果改动了原作者语言特有的风貌、韵味，那只能说是在另一个文化品位和档次上的《牡丹亭》，而不再是汤显祖的《牡丹亭》。

青春版《牡丹亭》与一般的演出本不同，还在于加强了戏中柳梦梅角色的份量，使柳梦梅与杜丽娘，生、旦并重。将《拾画》《叫画》这两出戏，合为一出，同时在抒情上凸现其重要性，一场里三十分钟的柳梦梅独角戏，令巾生角色的表演发挥到了极致。与上一本杜丽娘的经典戏段《惊梦》《寻梦》，旗鼓相当，这样戏中的生、旦戏双线平衡，达到了"青春剧"的内外对称之美。

另一个不同是剧中以"爱"的定位，改写了李全夫妇的结局。在一般的戏本里，李全夫妇的戏要么删掉，要么匆匆而过，让观众不甚明其意。这里，将原先爱情与战争相对的隐线，进一步改得紧凑、明朗，让叛军李全夫妇的最后抉择，是为了爱情而放弃了战争。这个改动，不妨害剧中的主干情节，又把原剧本中占了不少篇幅的李全夫妇之乱，适时地收束进来。所以说，不失为一个成功的改动创意。

这部戏的音乐也非常有特色，它把歌剧的音乐创作技法运用到了戏曲音乐中，在唱腔和旋律上进行了大胆的突破和创新。全剧采用西方歌剧主题的音乐形式，同时在《牡丹亭》的唱腔中间又加入了大量的幕间音乐和舞蹈音乐。这一切，有力地丰富了戏曲本身和音乐的表现力，很好地调动和渲染了舞台气氛，使观众在观赏剧情的同时，享受了一场斑斓飞扬的音乐盛宴。

青春版《牡丹亭》又定位在"青春"，它的演员平均年龄在 20 岁左右，主演、配角、龙套，全部由青年演员出演。"杜丽娘"的端妍俊雅，仪态万方，柳梦梅的风流倜傥、温存痴情，在年轻演员春华正茂、

青春逼人的激情演绎下，显得格外绮丽缠绵、纯挚感人。这般唯美唯情、奇幻婉转、风华卓越的戏剧，又使《牡丹亭》这古老戏曲，空前地吸引了大批的年轻观众。有报道说，"青春版《牡丹亭》，使昆曲的观众人群年龄下降了30岁，打破了年轻人很难接受传统戏剧的习惯，提高了学生们的审美情操及艺术品位。"

青春版《牡丹亭》的演员服装，也别具新意，全部演出服装系手工苏绣制作，整体色调淡雅秀隽，有浓郁的中国山水画的韵味和气场。特别是杜丽娘和柳梦梅的传统苏绣戏服，淡雅合宜中隐现着高贵华灿，着实是一大看点。

剧场的舞美设计，则是充分地做到了使中国戏曲、昆曲的古典美学，与现代剧场的美学因素和时代感接轨。利用了"空舞台"的设置概念，最大限度地展开了剧情载歌载舞的虚拟空间。舞台景片上，书写着唐代散文大家柳宗元的散文，是现代优秀书法家的文墨，映衬呼应着剧情，渲染了幽美淡雅的意境和中华文化传统的悠然韵味。台前花神的翩翩舞姿，模拟表现了十二个月花的不同花语，清新活泼、美色缤纷。舞台的地板，是灰色调的胶底，摒弃了传统老戏演出时那样的一律用地毯，加上灯光的出色配合，使地面与舞台空间更好地衔接融合在一起，视角上和实际空间里，整个舞台流动无滞，气韵生动。

上述种种独特创意和审美因素综合在一起，使青春版《牡丹亭》，在新的世纪，取得了传统戏剧经典建构的杰出成就。

四、青春版《牡丹亭》体现了中华民族戏曲的审美方向

中华戏曲艺术，源远流长，博大深隽，有着瑰丽无比的美的魅力。

177

痴情穿越
浪漫唯美
《牡丹亭》

WEN

HUA

ZHONG

GUO

戏曲作为中国传统的戏剧形式，融表演、歌唱、舞蹈为一体，是一种时空交融、视听兼备，包含了文学、历史、音乐、美术、武术乃至杂技等在内的综合性艺术。中国戏曲艺术原在民间孕育滋长，在宋代正式形成，流入传统文化的千年河流，在元明清时代几度腾跃发展。戏剧文化以独特的地域气质和生动的艺术表现力，承载了世代人民的生活情感和审美体验，在世界戏剧史上占有重要地位。

然而，随着当今时代变化，社会的转型与发展，人们外部生存条件的变异，和现代媒介系统的日益发达以及人们审美方式、审美口味的改变，中国古老的戏曲艺术，从整体上说辉煌不再，有一些剧种甚至面临着生存的挑战。在现今情势下，怎样才能更好地保护、传承和发展中国的戏曲艺术？应该说，青春版《牡丹亭》的成功，对此给出了一个明确的解答。

这个"怎么做"的答案，可以说就是白先勇所说的两句话。这两句话其一是："老剧种的青春传承"，其二是："现代剧场的古典精神"。

关于"老剧种的青春传承"，白先勇对于"青春版"所包含和体现的"青春"理念的解释，在接受《竞报》记者提问时他说："我用'青春版'这三个字有好几个含义，一是这个戏本来就是讲的青春爱情故事，二来这次戏里选用的演员主要是年轻人，还有，很重要的，这个戏是演给年轻人看的。"他说昆曲已有五百年的历史，"它的表演方式和音乐等方面已经达到了高度的精确、精美、精致，这种风格一致

传承下来——这就决定了我们做青春版的时候，应该把传统的、精髓的表演方面的东西留下来。但是，要留住观众，还要赋予它现代的、青春的面貌。"

这就是说，他与该剧的主创人员，从主题、演员、主要接受群体到现代艺术手段等，着重选择和突出了戏曲青春的内容，青春的表现主体和青春的受众，还有文化精品意识、市场意识和现代创新意识等现代娱乐艺术的制作理念与实践。在全力训练演员、打磨和排演好戏曲的同时，充分利用现代传媒，以报刊、电视和网络的力量，做好该戏的宣传，扩大其影响，也是青春版《牡丹亭》推广中的一个十分有力的措施。

"现代剧场的古典精神"，这表现为其艺术形式的古典美和一种更为深邃的美学精神指向。白先勇这样理解青年大学生们对青春版《牡丹亭》的迷恋："也许他们是被中国式的美给震撼了，没想到中国的古典文化这么美，能够用昆曲的方式，整体表现出中国的美学，它引用现代但不滥用现代，产生的剧场震撼力，深入人心。也许真正打动人心的，是从失落的民族美学中重拾的自信心。"

化繁为简、写意而又精致的艺术表现，青春版《牡丹亭》精心营造了古典文化形式与氛围，使得这一戏曲的传统艺术魅力，得以现代性的再现。它的古典精神，还展示为一种立足现世立场又含有了终极关怀情感的审美指向。这部戏曲本身精心凝聚和提炼的主题：以真生情，至情至深之爱情的忠贞不渝，表现为一种永恒的精神之光，人类间共通的心灵倾诉。这种具有古典精神的专情美，在某种程度上正是

WEN

HUA

ZHONG

GUO

今天人们所缺失的，因而也是深深的情感向往和期盼。正像一份关于《牡丹亭》的解说词里说的：

"《牡丹亭》是一个瑰丽的梦，在现实生活中，美好的爱情不易得，汤显祖营造了这种专情之美。虽然现代社会的人们不会再回到从前，但这种专情之美……在这部作品走到今天，呈现于舞台之上时，我们仍然能感觉到它精诚的魂魄。拉开《牡丹亭》这道帷幕，出入梦境之间，我们仿佛看到了一个似曾相识的自我。如今，还有谁能体味到杜丽娘的千回百转？又有谁仍愿为爱而不顾死生？……"

青春版《牡丹亭》，正是借那奇幻绚丽的浪漫故事，那婉转缠绵的深挚抒情，将戏曲艺术的审美情怀，朝向那人世情感的自我救赎，民族传统精粹的血脉承续。

参考文献

181

痴情穿越

浪漫唯美
《牡丹亭》

WEN

HUA

ZHONG

GUO

《汤显祖及其〈牡丹亭〉》

张友鸾著　上海光华书局 1931 年版

《汤显祖年谱》

徐朔方著　上海古籍出版社 1980 年版

《牡丹亭研究资料考释》

徐扶明编著　上海古籍出版社 1987 年版

《汤显祖研究资料汇编》（上下）

毛效同编　上海古籍出版社 1986 年版

《汤显祖评传》

徐朔方　南京大学出版社 1993 年版

《王思任批评本牡丹亭》

凤凰出版社 2011 年版

《吴吴山三妇合评牡丹亭》

上海古籍出版社 2008 年版

《汤显祖全集》

徐朔方笺校　北京古籍出版社 1998 年版

《汤显祖的情与梦》

邹元江著　南京出版社 1998 年版

《明清传奇史》

郭英德著　江苏古籍出版社 1999 年版

《昆曲发展史》

胡忌、刘致中著　中国戏剧出版社 1989 年版